Contents

디자인: 키무라 디자인 랩

일러스트 ✽ 플라이
하즈키 아야
girls in the gold light

그날, 신에게 바랐던 것은
II

그날, 신에게 바랐던 것은 2권
발매 기념 초판 한정 특전

나랑 친구가 되어 줘,
카자마츠리 토와.

그날, 신에게 바랐던 것은 II

하즈키 아야 지음
플라이 일러스트
송재희 옮김

코가네이 루이는 모른다.

그 반짝임의 감촉도, 온도도.

코가네이 루이는 모른다.

자신이 정말로 가지고 싶어 한 것이 무엇인지를.

그래서 코가네이 루이는 모른다.

텅 비어 보이는 그 손안에 이미 모든 것이 있음을.

프롤로그

아직 아무것도 몰랐던 날 있었던 일

내 짧은 인생 속에서 친구라고 부를 수 있는 여자아이가 딱 한 명 있었다.

아주 예쁜 아이였다.

외모만으로 겨룬다면 아마 내가 이길 것이다. 엄마에게 물려받은 금색 머리카락. 파란 눈. 흰 피부. 작은 체구와 평평한 가슴은 분명 아빠에게 물려받은 유전자 때문이겠지만 밖에 나가면 사람들의 눈길을 끈다는 자각은 있다.

그 친구는 뭐, 확실히 말하자면 반에서 2, 3등 정도.

학년에서 다섯 손가락에 들까 말까.

하지만 그녀와 내가 나란히 서서 어느 쪽이 더 좋냐고 행인에게 물어본다면 이길 자신이 없다.

백이면 백, 그녀를 택할 터다.

나도 그녀를 택할 것이다.

그녀는 존재가 아름다웠다.

영혼이라든가, 마음이라든가.

그런데 그런 그녀가 언젠가 내게 이렇게 말했다.

아니, 「언젠가」라는 말은 적절하지 않을지도 모른다.

내가 그녀와 만난 적은 단 한 번뿐이었으니까.

"있지, 루이. 나는 이런 생각이 들어."

참고로 그때 그녀는 침대 위에 있었다.

무, 물론 여자 둘이서 이상한 짓을 하고 있었던 것은 아니고. 장소 또한 내 방도, 그녀의 방도 아니었다.

병실의 매우 깨끗하고 새하얀 시트 위에서 그녀는 수척한 몸에 파자마를 걸치고 있었다. 창문으로 들어오는 빛을 받아 생긴 그림자는 가늘고 아련했다.

눈을 깜박일 때마다 불안해졌다.

그녀는 머지않아 사라질 사람이었다.

사신이 옆에 서서 데려갈 날을 기다리고 있었다.

"분명 여자아이는 마지막에 모든 것을 손에 쥐고 있었을 거야."

"그런 이야기가 아니야."

괜히 배신당한 기분이 들어서 입술을 삐죽 내밀었다.

우리는 공기에까지 약내가 밴 듯한 병실에서 몇 시간이나 「어떤 이야기」에 관해 대화하고 있었다.

우리가 만나는 계기가 된 이야기였다.

그녀는 이어서 말했다.

"아니. 눈치채지 못했을 뿐, 이미 말이지. 가지고 싶어 했던 것은 전부 손안에 있었어."

"왜 그런 말을 해?"

그녀는 양보하지 않았다.

나도 양보하지 않았다.

"그런가. 루이는 모르는구나."

"응. 모르겠어."

"하지만 내 생각은 그래."

제멋대로 구는 아이를 달래듯 그녀는 내 손을 잡았다.

야위어 뼈가 도드라진 손의 힘은 연약했다.

생명의 빛이 무디다고 할까.

그런데 어째서 이렇게나 따뜻할까.

"괜찮아. 언젠가 루이도 알게 될 날이 올 거야."

그녀는 빙그레 웃었다.

그 온기의 이름을 나는 아직 모른다.

그날로부터 1년하고 몇 달.

행복했던 한때를 더듬으며 내 손을 바라보았다.

손가락은 가늘고 길지만 유감스럽게도 너무 작았다. 그날 이후로 조금도 성장하지 않은 것 같다.

이 작은 손은 지금 텅 비어 있었다.

한 번 손에 쥐었을 터인 온기가 손가락 사이로 스르르 빠져 나갔다.

그녀는 나를 두고 가 버렸다.

이 세상 어디에도 없다.

그래서 나는 그녀가 했던 말의 의미를 지금도 여전히 모른다.

모르기에, 이해하지 못했기에 또 틀렸다.

몇 시간 전에 청소했는데 벌써 더러워진 바닥에 찌그러진 종잇조각이 팔랑팔랑 떨어졌다.

그것을 누군가가 짓밟았다.

와 하고 웃음소리가 터져 나왔다.

내 눈앞에서 내 소중한 책이 찢어졌다. 같은 반 여자아이들이 즐겁게 웃는 가운데 사랑스러운 이야기가 종이 쪼가리로 바뀌어 갔다.

저 아이들은 무엇이 그리도 즐거운 걸까.

—모르겠다.

왜냐하면 제대로 이야기한 적이 없으니까.

어떤 얼굴로 웃고 있을까.

—모르겠다.

왜냐하면 신이 준 시련 때문에 나는 남들의 얼굴을 인식할 수 없으니까.

무슨 말을 하고 있는 걸까.

—모르겠다.

왜냐하면.

"아, 아아아아아아아아아아아아아아아아아아아아아아아아
아아아아아아아아아아아아아아아아아아아아아아아아아

아아아아아아아아아아아아아아아아아아아아아아아아."

　누군가가, 웃음소리를 부정하는 것처럼 줄곧 울고 있으니까.

　울지 않기를 바라는데 그런 내 마음은 전해지지 않았다.

　주룩주룩 내리는 비에 호응하듯 비통한 목소리는 심해질
뿐이었다.

　이윽고 깨달았다.

　울고 있는 사람은 나였다.

　도와달라고 매달릴 이름조차 몰라서, 감정을 말로 표현할
수 없어서, 이렇게 미아가 되었다.

　마치 주마등처럼 나의 소중한 것이 하나하나 머릿속에 떠올
랐다.

　이제는 없는 한 명뿐인 친구와의 한때.

　미야노 아오이, 타카미네 루리와 셋이서 올려다보았던 아침
노을의 황금빛.

　카자마츠리 토와와 함께 보낸 나날.

　마지막으로 그 모든 것을 집어삼키는 새까만 감정에 빠졌다.

　이곳은 내 목적지의 반대편.

　깊고 깜깜한 어둠 속에서 나는 눈을 감고, 몸을 껴안고, 귀
를 막았다.

　나를 둘러싼 어둠의 이름은 「절망」이었다.

제1화

그림자 나라와 달의 소녀

1

꿈을 꾸고 있었다.

아아, 그래. 확실히 이런 일도 있었다며 나는 **뺨**을 긁적였다.

칭찬받을 만한 추억은 아니라서 조금 겸연쩍었다.

누구든 기분이 좋지 않은 날이 있다.

뭘 하든, 혹은 안 하든. 그저 숨만 쉬어도 마음이 아파서 과하게 반응해 버리는 날.

1년 전까지 나는 줄곧 그런 느낌이었다.

누나가 없는데도 변함없는 일상을 혐오했다.

이것도 그러던 어느 날 있었던 일이다.

고등학교에 입학하고 두 달.

귀갓길에 답답함을 견디지 못하고 넥타이를 풀려고 한 순간—

"……카, 카자마츠리 토와?"

누군가가 내 이름을 불러서 발을 멈췄다.

돌아보니 모르는 여자아이가 있었다.

이 근방에서는 본 적 없는 교복을 입고 있었다.

초등학생처럼 작은 몸. 허리까지 기른 찰랑거리는 황금색 머리카락
달빛. 그 얇은 금색 베일 사이로 보이는 파란 눈은 물웅덩이

를 방불케 했다.

비의, 아니, 눈물의 기색이 그곳에 아직 남아 있었기 때문일지도 모른다.

"그렇긴 한데, 넌 누구야?"

그녀는 대답하지 않았다.

입을 한일자로 꾹 다물고서 똑바로 다가올 뿐이었다. 긴장한 기색이 작은 몸에서 가득 풍겨 나왔다.

오른손과 오른발이 똑같이 앞으로 나왔다.

그녀는 50센티미터 정도까지 거리를 좁히고 가방에서 「그것」을 꺼냈다.

잠깐 봤을 뿐인데 누군가가 심장을 세게 쥔 것처럼 아파서 호흡이 멈췄다.

얼마 전에 막 발매된 소설 한 권이 엄청난 대죄처럼 눈앞에 있었다.

빨간색이라든가, 파란색이라든가, 노란색이라든가, 주황색이라든가.

그런 색깔들로 아름답게 채색된 이 세계에서 소녀의 손에 들린 책만 흑백이었다.

「그런데도」인지.

「그렇기에」인지 모르겠지만 그 사진은 가장 강한 빛을 내고 있었다.

육교를 걷는 두 그림자.

저녁때의 달콤한 공기.

앞서 걷는 소녀의 목소리만이 카메라에 의해 정지된 공기를 흔들고 있는 것처럼 보였다.

웃음소리였다.

내가 발견하여 누나에게 전해 준 이 세상의 아름다운 것.

「잔잔한 마을에서 노래해」.

"이, 이 사진을 찍은 사람이 당신이야?"

그녀의 목적이 무엇인지 전혀 알 수 없었다. 왜냐하면 나는 그녀에 관해 조금도 모르니까.

이름도, 나이도, 어디 사는지도.

그녀가 왜 절실한 표정을 짓고 있는지도.

그래도 알고 있는 것이 딱 하나 있었다.

내 안에 있는 냉담한 내가 작지만 분명하게 말했다.

"─나하고는 상관없어."

지그시 책을 노려보고, 소녀를 노려보고, 결국 발길을 돌렸다.

"어? 아, 자, 잠깐만."

뒤에서 안달 내는 것을 느끼고, 따라잡히면 귀찮다는 생각에 따돌리려고 속도를 높였다.

1분도 안 되는 만남이었다.

"……잠깐 멈춰 봐. 얘기를 들어 줘."

멈출 리가 없었다.

돌아보지도 않았다.

아니, 그럴 여유조차 없었다.

달린 것도 아닌데, 나를 부르는 목소리가 들리지 않게 되었을 즈음에는 숨을 헐떡이고 있었다. 답답했던 것이 생각나서 마침내 넥타이를 풀었다.

풀었는데도 여전히 답답했다.

그 무렵의 나는 이 세상의 모든 것에 짜증이 나 있었다.

"부탁이야. 카자마츠리 토와."

더는 들리지 않을 터인 목소리가 머릿속에서 마지막으로 울리고 사라졌다.

아직 누나의 마음을 몰랐던 1년 전, 귀갓길에 있었던 일이다.

눈을 뜨자 낯익은 천장이 보였다.

철이 들어 혼자 방을 쓰게 된 뒤로 줄곧 보았기에 이제는 질렸다는 감상조차 들지 않았다.

얼굴을 조금 돌리니 커튼 틈새로 새벽이 비쳤다.

태양은 아직 산 너머에 숨어 있지만 그 빛은 확실히 느낄 수 있었다.

어슴푸레하고 상냥했다.

나는 밤과 아침의 경계에서 떠돌고 있었다.

평소보다 조금 일찍 설정해 둔 자명종 시각보다 더 일찍 일어난 탓인지 몸 여기저기에서 수마의 기운이 옅게 느껴졌다.

꾸물꾸물 상체를 일으키고 흐릿한 시야를 문질렀다. 일어나서 기지개를 켰다. 손을 꽉 쥐었다가 펴며 꿈나라에 가 있는 영혼을 몸에 정착시켰다.

하지만 그러는 동안 내 눈과 의식은 줄곧 색다를 것 없는 책장에 가 있었다.

꿈의 잔재를 떨치지 못한 것은 명백했다.

다채로운 책등이 눈의 표면을 스쳐 지나갔다.

요리책, 어중간하게 사 모은 만화책.

줄곧 버리지 못한 카메라 잡지.

다 끝내 버린 참고서.

표지 가장자리가 세로로 찢어진 문고본.

그런 책들이 빽빽하게 꽂힌 책장의 끄트머리에 그것이 있었다. 모르는 누군가가 쓴 모르는 이야기.

「잔잔한 마을에서 노래해」.

예전에 나는 이 책을 「이딴 것」이라고 야유했다.

내민 손을 뿌리치고 내쳐서 누나가 건넨 책을 받지 않았다.

쳐 냈을 때의 통곡, 분노와 슬픔.

아픔과 열기가.

누나의 마음을 알고서도, 아니, 알기에 더 강해져서 깃들어 있었다.

이 손등과 가슴속에.

질 나쁘게도 이게 좀처럼 사라지질 않았다.

연약하게 웃던 누나의 마음을 반영하듯 창밖에는 흐린 하늘이 펼쳐져 있었지.

아주 작고 가늘어진 뒷모습이 뿌옜던 것은 누나가 흔들리고 있었기 때문일까. 아니면 내 눈이 일그러져 있었기 때문일까.

그런 내게는 분명 저 책을 읽을 자격이 없다.

후회다.

결코 씻어 낼 수 없는 후회.

왜냐하면 누나는 이제 이 세상 어디에도 없으니까.

누나에게 직접 저 책을 받을 기회는 영영 사라져 버렸다. 알고 있다. 분명하게 알고 있다. 그런 건.

삶이란 그런 것이다.

인생이란 그런 것이다.

어쩔 도리가 없는 것은 확실하게 존재한다.

머리에 피도 안 마른 애송이가 인생을 논하지 말라고 생각하는 사람이 있을지도 모르지만, 그럼 당신들은 후회되는 일을 다시 고칠 수 있는가? 무리겠지.

후회(後悔)라는 문자 그대로 사람은 끝난 뒤에만 뉘우칠 수 있다.

과거는 돌이킬 수 없다.

그야말로 기적이라도 일어나지 않는 한.

그렇게 기억의 조각을 손끝으로 덧그리고 있으니 자명종이 울렸다.

버튼을 달칵 누르자 소리는 곧장 멎었다.

아침이 흐르기 시작했다.

마음을 다잡고 숨을 내뱉었다.

나도 하루를 시작해야지.

"하쿠노를 위해 도시락을 만들기로 할까."

굳이 그렇게 말하며 몸에 남아 있던 꿈의 조각을 밖으로 몰아냈다. 자, 빠릿빠릿하게 행동합시다. 멍하니 있을 만큼 시간이 여유롭지 않잖아.

맛있는 반찬을 잔뜩 만들자.

배부르게 먹이고 맛있다는 말을 들어야지.

얼마 전에 평생 다 갚지 못할 만큼 큰 빚을 지고 만 소꿉친구에게 그래도 조금이라도 은혜를 갚기 위해 나는 절찬 특제 도시락 주간을 실시 중이었다.

2

다 삶아진 감자가 식기 전에 껍질을 벗겼다.

감자 샐러드를 만들 생각이었다.

울퉁불퉁하게 생긴 감자들을 굵직하게 으깼다. 부모의 적이라도 되는 것처럼 꾹꾹 눌러서. 일단 말해 두겠다. 다행스럽게도 우리 부모님은 건재하시다.

감자 준비를 끝낸 뒤, 이어서 오이를 얇게 썰고, 당근을 십자썰기, 햄을 골패썰기로 잘라 나갔다.

그리고 삶은 달걀의 껍데기를 벗겼다.

이윽고 나타난 새하얀 형태는 아름다웠고 주방의 불빛을

받아 윤곽이 반짝였다. 반지르르했다.

꿀꺽. 나도 모르게 침을 삼켰다.

목구멍을 지나 위에 도달한 타액이 꼬르르륵 하고 식량을 보내 달라 요청했다.

참으라고 전령을 보냈지만 더 격렬하게 항의했다.

잠잠해지기는커녕 신호는 커지기만 했다.

갈등 시간, 체감상 약 1초.

이걸 참으라니 무리다.

만드는 사람의 특권이라고, 누가 보고 있지도 않은데 그런 변명을 면죄부처럼 내세우면서 달걀 하나를 입에 넣었다. 냠!

달걀의 탄력을 치아로 느끼고 앗뜨 하는 소리를 내며 천천히 씹었다. 안에 깃든 열기가 풍미가 되어 입 안 가득 퍼졌다. 아아, 노른자도 딱 적당히 익었다. 씹을 때마다 달걀의 맛이 진해졌다. 잘 삶아졌군.

고개를 끄덕이고서 남은 달걀과 함께 감자와 오이 등을 전부 조미료에 버무렸다.

그렇게 만들면서 신이 난 탓인지.

아니면 요리에 집중해서 잊어버리고 싶은 무언가^꿈가 있었기 때문인지.

정신 차리고 보니 나와 하쿠노가 둘이서 먹기에는 너무 많은 반찬이 눈앞에 수북하게 쌓여 있었다.

그것들을 빤히 노려보며 팔짱을 꼈다.

이걸 어쩌지.

아침 대신 몇 개 더 집어 먹으면서 생각해 봤지만 묘안은 떠오르지 않았다.

뭐, 다 못 먹으면 에이시나 다른 사람들과 같이 먹으면 되겠지. 그렇게 편하게 생각하며 운동회 때 쓰는 찬합에 주먹밥과 반찬들을 꼭꼭 담아 학교로 가져갔다.

하지만 점심시간에 내 앞에 펼쳐진 광경은 상상했던 모습과 상당히 달랐다.

카미시로 하쿠노, 온 스테이지.

그녀의 독무대였다.

"토와, 이거 맛있다."

생글생글 웃는 소꿉친구의 청초한 작은 입으로 음식이 줄줄이 들어갔다. 그 일련의 행동은 아름다웠고 끊임이 없었다.

햄버그스테이크가, 달걀말이가, 비엔나소시지와 감자 샐러드가, 교관의 지시에 따라 대열을 이뤄 스스로 하쿠노의 입에 뛰어드는 것 같았다.

대장님, 먼저 가겠습니다. 그래, 나도 곧 따라가겠다. 굿 럭. 썰, 예썰. 경례, 굿 사인. ……이런 식으로.

그런 바보 같은 망상에 잠겨 주먹밥으로 손을 뻗었지만 마침 똑같은 것을 노린 하쿠노에게 뺏기고 말았다.

아, 하고 나도 모르게 낸 작은 소리를 확실히 들었을 텐데 하쿠노는 깔끔하게 무시했다.

행복한 얼굴로 먹고서 형형하게 눈을 반짝이더니 빨리도 다음 사냥감을 음미했다.

이거, 멍하니 있다가는 내가 먹을 게 없어지겠는데.

하쿠노가 지나간 자리에는 티끌 하나 남지 않을 기세였다.

그런고로 다시 앞접시로 손을 뻗으려다가—.

"어라?"

내 접시에 차례차례 반찬이 놓이고 있다는 것을 깨달았다.

오렌지색 젓가락을 능숙하게 움직여, 어째선지 찬합이 아니라 직접 싸 온 도시락에서 헛둘헛둘 반찬을 옮기고 있는 사람은 오미 토카 선배.

한 학년 위인 선배의 리본만이 이 교실에서 오렌지색이었다.

"선배, 뭐 해?"

"뭐 하나니, 반찬 나눠 주는데?"

아주 당연한 일이라는 듯 토카 선배가 대답했다.

이 마을에는 1년에 딱 한 번 하얀 신이 기적을 일으킨다는 이야기가 전해져 내려온다.

그 기적을 누릴 수 있는 운 좋은 사람을 「별의 행혼」이라고 하는데 그게 바로 토카 선배였다.

사고를 당해 오랫동안 혼수상태였던 언니를 살리고자 기적을 갈망한 선배는 소원을 이루기 위해 시련을 받았고 결국 기적을 거머쥐었다.

나는 아주 조금 선배를 도와줬을 뿐이다.

그 일도 마무리되고 선배와의 나날도 동시에 끝났을 텐데 토카 선배는 지금도 매일 이렇게 점심시간에 우리 반까지 일부러 찾아오고 있었다.

"저기, 왜 그렇게 봐? 조금 쑥스러운데."

"아니, 토카 선배는 언제까지 점심시간에 찾아오려는 걸까 싶어서."

"싫어?"

"딱히 싫은 건 아니지만. 이제 이유가 없잖아?"

"이유라면 있어. 나는 토와 군을 보러 오는 거니까. 방과 후에는 언니 병문안하러 가야 해서 만날 시간이 별로 없고."

대화가 성립하지 않았다.

그러니까 일부러 나를 보러 올 이유가 이제 없지 않냐는 말인데. 아니다. 딱히 상관없다.

매우 진지한 얼굴로 접시를 알록달록 꾸며 가는 토카 선배를 바라보며 웃었다.

그래, 토카 선배와 함께 있는 것이 딱히 싫지는 않았다.

"그러고 보니 언니는 어때?"

"덕분에 아주 건강해. 너무 건강해서 툴툴거리고 있어."

"퇴원은?"

"몸에 이상은 전혀 없지만, 이런저런 검사가 있어서 조금 더 걸릴 것 같아. 갑자기 깨어났고, 심지어 아무 데도 이상이 없는 것이 오히려 이상하대. 「별의 행혼」이었다는 말을 해도 안 믿을 테고. 그리고 제대로 검사받는 편이 우리도 안심이 되니까. 응, 예쁘게 담겼다. 오늘은 토와 군처럼 나도 손수 도시락을 만들어 봤어. 먹어 봐."

어린아이처럼 천진난만한 목소리인데, 창문으로 들어오는

봄볕에 젖은 머리카락과 즐겁게 웃는 얼굴은 어른스러워서 치사하다는 생각이 들었다.

웃는 선배는 정말로 예쁘다.

윤기 흐르는 머리카락을 귀에 거는 동작에 심장이 아플 만큼 두근거리고 말았다.

동요한 것을 눈치채지 못하도록 손을 맞대고서 「잘 먹겠습니다」 말하고, 선배가 권하는 대로 토카 선배의 수제 달걀말이를 반으로 잘라 입에 넣었다.

살짝 달콤짭짤한 것은 맛간장을 썼기 때문이리라.

"왠지 두근두근해."

그렇게 말하면서도 선배는 매우 즐거워 보였다.

꿀꺽 삼키자 어떠냐고 묻는 것처럼 토카 선배가 살짝 고개를 갸웃했다. 역시나 예쁜 머리카락이 건강하게 발그레한 볼을 사르르 간질였다.

"엄격하게 판정해서 75점. 간이 조금 짜. 좀 더 싱겁게 하는 편이 좋을 것 같아. 그리고 맛술을 더하면 포슬포슬하게 구울 수 있어."

"흐응, 그렇구나."

고개를 끄덕이며 토카 선배도 달걀말이를 입에 넣었다. 확실히 조금 짜네. 달걀 양을 하나 늘려 보는 게 어때? 내일은 그렇게 할게. 또 감상을 들을 수 있을까? 딱히 상관없어. 약속한 거야.

그렇게 토카 선배와 잡담하고 있으니 나를 사이에 두고 반대쪽 옆자리에 앉아 있던 하쿠노가 내 교복 자락을 잡아당겼다.

입에 반찬을 잔뜩 넣고 있어서 말하지 못하는 것 같았다.

다람쥐처럼 볼을 빵빵하게 만든 하쿠노의 시선이 향한 곳은 내 접시였다. 소리 내지 않고 그저 빤히 노려보고 있었다.

이 녀석은 대체 얼마나 식탐을 부리려는 거야.

그래도 하쿠노가 입 안에 든 음식을 씹어 삼킨 것을 지켜보고 나서, 남아 있던 달걀말이 절반을 입에 넣어 줬다.

나는 애완동물에게 먹이를 주는 감각이었지만.

"아, 아아, 아—."

토카 선배가 갑자기 비명을 질렀다.

깜짝 놀랐다.

"뭐, 뭐야. 왜 그래?"

"뭐 하는 거야."

"응? 하쿠노가 맛보고 싶다고 하길래."

"그런 말 안 했잖아."

"빤히 봤잖아."

"설령 그렇더라도, 널 위해 내가 만든 요리를 주는 거야? 시, 심지어, 토와 군이 쓰던 젓가락으로 직접, 머, 먹여 주다니."

"엥? 그럼 안 돼?"

"안 돼!"

즉답이었다.

"너는 아무한테나 그래?"

"아니, 그렇지는, 않습니다. 네."

게다가 토라진 것이 아니라 비교적 진심으로 화내고 있었다. 거기 무릎 꿇고 앉아. 아니, 밖에 나가서 서 있어. 그런 말을 할 것 같은 박력이 있었다.

여러 가지를 떨쳐 낸 선배는 의외로 알기 쉬운 여자아이였다.

잘 삐지고, 잘 화내고, 그리고 잘 웃었다.

특별한 것은 아니지만 아주 좋은 일이라고 생각한다.

아무래도 나는 바쁘게 바뀌는 토카 선배의 표정을 좋아하는 것 같다.

"있지, 토와 군. 왜 실실 웃어? 나는 지금 매우 화가 났어."

"어어, 미안."

"미안하다면 다야? 이럴 때 어떻게 해야 하는지 알아?"

이럴 때, 이럴 때라. 으음, 하고 고민했다. 누나는 뭐라고 했더라. 아무튼 사과한다. 잘못한 게 없다는 생각이 들어도 사과한다.

용서받지 못해도 끈기 있게 고개를 숙인다.

그것이 남자에게 주어진 숙명이라고 했다.

그다음에는 선물이랑 달콤한 것이었나.

"나는 이 정도로 짭짤한 것도 좋아. 90점."

내가 고민하든 말든 태평하게 식사를 이어가고 있는 이 사태의 원흉이 말했다.

이, 이 녀석.

"토와 군, 한눈팔지 마."

원망스럽게 하쿠노를 노려보고 있으니 토카 선배 쪽에서 싸

늘한 목소리가 날아와 내 몸이 강제로 흠칫 떨렸다.

"넵! 죄송합니다."

"성의는 말이 아니라 행동으로 나타내는 게 좋을 것 같아."

그렇게 말한 토카 선배는 자주적인 행동인데도 살짝 부끄러워하며 조금 전의 하쿠노처럼 입을 벌렸다.

자신한테도 먹여 달라는 거겠지.

하지만 하쿠노에게는 쉽게 할 수 있었던 일이, 예전에는 토카 선배에게도 할 수 있었던 일이, 지금의 선배에게는 도저히 할 수 없어서.

대신 다른 것보다 더 예쁘게 구워진 달걀말이를 찬합에서 집어 선배의 도시락에 넣었다. 이걸로 넘어가 줬으면 좋겠는데.

"토와 군?"

그러나 토카 선배는 고개를 갸웃하며 생긋 웃었다.

아무래도 불만스러운 듯했다.

웃고 있는데 아까보다도 압력이 굉장했다. 목소리가 평탄했다. 억양이 전혀 없어서 감정만이 똑바로 전달되었다. 무서워! 뭐야? 무서워.

그렇게 내가 내심 식은땀을 줄줄 흘리고 있으니―.

"오미 선배, 그쯤에서 용서해 주세요."

정면에 앉아 있던 믿음직한 친구, 후루카와 에이시가 도움의 손길을 내밀었다.

"그건 토와한테 허들이 너무 높아요."

"하지만 카미시로한테는 했어."

"카미시로한테는 괜찮아도, 상대가 오미 선배면 의식돼서 쑥스러운 거예요. 그치? 토와."

나는 힘껏 고개를 끄덕거렸다.

지금은 내가 하는 모든 말이 폭발을 유발하는 연료가 된다. 그 정도는 나도 알았다. 그래서 입에는 지퍼를 잠갔다.

폭탄 처리는 전문가 선생님에게 전부 넘긴다.

토카 선배는 그래도 빤히 나를 노려보았지만 결국에는 폭 한숨을 쉬었다.

"의식하고 있다면 어쩔 수 없나. 지금은 그 정도로 만족하고 넘어갈게."

그렇게 말하고서 달걀말이를 입에 넣었다.

좀 토라진 목소리였으나 늘 느껴지는 토카 선배의 따뜻함과 약간의 달콤함이 가득 차 있었다.

폭탄은 무사히 해체되었음을 알려 주는 목소리였다.

"근데 오미 선배, 예전이랑 캐릭터가 너무 다르지 않아?"

"맞아. 조금 밝아졌지."

"조금 밝아진 수준인가? 내가 알던 선배는 좀 더 가련하고 차분한 이미지였는데. 이런 어린아이 같은 일면이 있는 걸 보고 솔직히 좀 놀랐어."

"응? 무슨 소리야. 선배는 원래부터 유치한 구석이 있었어. 꽤 잘 삐지고, 고집부리고. 내가 휘둘리던 나날을 너도 알잖아?"

"토와 군, 너무해. 그런 식으로 생각하고 있었어?! 좀 더 선배를 공경하도록."

토카 선배는 입술을 삐죽 내밀고서 뾰로통해졌다.

"이거 봐. 이런 말만 하는 사람이야."

"흐응, 토와 앞에서는 그렇구나. 사랑받고 있네."

끝부분은 일부러 볼륨을 낮췄는지 잘 알아들을 수 없었다.

"뭐라고?"

"아니, 대단한 말은 안 했어. 양손에 꽃이라니 팔자 좋다고. 토와, 조만간 정말로 누군가에게 칼침 맞는 거 아니야?"

"재수 없는 농담은 하지 마."

"농담 아닌데. 주위 분위기가 어떤지 설마 눈치 못 챈 건 아니지?"

"굳이 말 안 해도 돼. 밥맛 떨어져."

하쿠노를 꽃이라고 하는 건 좀 마음에 안 들지만 뭐, 미인이긴 했다.

토카 선배는 말할 것도 없고.

그런 두 미소녀 사이에서 점심 먹는 게 즐거울 거라고 생각한다면 그건 크나큰 착각이다.

질투와 원망의 감정이 화살처럼 박히는 가운데 먹는 점심은 몹시 불편했다.

과거 점심시간에 토카 선배가 떨어뜨린 폭탄 발언의 영향이 여전히 남아 있는 것은 확실했다.

한 명은 모두가 동경하는 학교의 인기인이고, 한 명은 「텐구 군」이라고 불리며 기피되고 있으니 어쩔 수 없는 일인지도 모른다.

제대로 진실을 전하겠다고 한 「Azure」<ruby>콤비</ruby>가 여러 가지로 <small>아주르</small> 손을 썼는지 몇몇 헛소문은 잠잠해졌지만, 그래도 약 한 달간 토카 선배와 함께 있었기 때문에 나와 토카 선배는 평범한 선후배 사이가 아니라고 인식된 것 같았다.

뭐, 이 사람이 조금만 더 조심해 준다면 해결될 일이지만…….

토카 선배를 지그시 노려보았다.

선배는 입 안에 든 것을 확실하게 삼키고서 말했다.

"토와 군. 하고 싶은 말 있어?"

나는 말없이 후방에 있는 같은 반 학생들 쪽으로 시선을 돌렸다.

"우리에 관한 소문 때문에 그래?"

"그래. 선배도 뒤에서 쑥덕거리는 건 싫잖아?"

"음~ 다른 사람이랑 소문이 나는 건 곤란하지만, 상대가 토와 군이라면 뭐라고 쑥덕거리든 딱히 상관없으려나. 그러니까 괜찮아. 애초에 내 책임이기도 하고."

토카 선배는 쑥스러워하지도 않고 똑바로 그렇게 말했다.

진심으로 그렇게 생각하는지, 정말로 시선을 신경 쓰지 않고 도시락을 먹었다. 신경 쓰기는커녕, 아, 우엉볶음. 우엉볶음은 맛있게 됐어. 먹어 봐, 먹어 봐, 하며 소문이 한층 더 확실해질 듯한 느낌으로 굴었다.

하지만 그 눈은 별이 뿌려진 것처럼 반짝반짝 빛나고 있어서—.

결국 받아 주는 나도 죄인이다.

"오, 확실히 이건 맛있다."

"그치? 흐흥. 내 솜씨도 괜찮지?"

"나도 슬슬 짜증이 나는데. 토와는 한 번쯤 칼침을 맞는 편이 좋을지도 모르겠어."

"어째서!"

그렇게 이러쿵저러쿵 떠들고 있으니, 완전히 공기와 일체화되어 그저 식사할 뿐인 존재로 화했던 하쿠노가 만족스럽게 양손을 맞댔다.

"아~ 맛있었다. 잘 먹었습니다."

그 목소리를 듣고 허둥지둥 책상 위를 보았다.

그렇게나 많은 반찬이 들어 있었던 찬합이 어느새 텅 비어 있었다.

"말도 안 돼. 너, 정말로 혼자서 다 먹었어? 나를 위해 조금은 남겨 줘도 되잖아."

"그보다 소문이라고 하니 생각났는데, 토와, 그거 알아?"

"딴청 부리지 마. 내 점심!"

"딱히 딴청 부리는 게 아니라, 지금 토와가 한 얘기를 듣고 생각났어."

하쿠노의 말에 의식을 반절 할애하며 현재 상황을 파악했다.

내게 남은 것은 토카 선배가 나눠 준 도시락 절반뿐.

건강한 남자 고등학생에게는 조금 부족했다.

학교 수업이 끝나기까지 세 시간을 이걸로 버틸 수 있을까.

불안해하면서도 아무것도 없는 것보다는 낫다며 카레 맛이 나는 치킨을 젓가락으로 집었다가 내 움직임이 멈췄다.

모처럼 집은 사냥감이 툭 떨어졌다.

하쿠노가 이런 말을 했기 때문이다.

"토와랑 친한, 으음, 1학년 미야노였던가? 그 애를 오늘 조회 시간에 동급생이 울렸대."

정신이 들었을 때 나는 이미 의자에서 일어나 복도를 달리고 있었다.

미야노 아오이는 같은 중학교를 나온 후배다.

나를 잘 따르는 고분고분한 여자아이는 아니고 건방진 소리를 하고, 유독 정강이를 걷어차고, 무슨 일이 생기면 금세 화내는 별난 녀석이긴 하지만 내게는, 뭐, 꽤 귀여운 후배였다.

그런 미야노의 당돌한 눈에 눈물이 맺히는 모습을 상상하자 감정이 단숨에 격양되어 가만있을 수 없었다.

계단을 두 개씩 뛰어 내려가 1학년 층으로.

마지막 계단 다섯 개를 한 번에 뛰어내리자 발바닥부터 시작된 저릿저릿함이 몸을 타고 올라왔다. 아파. 그게 대수인가. 더 아픈 곳이 있잖아.

그렇다면 뛰어!

점심시간의 소란을 세찬 발소리로 양단해 나갔다.

"미야노, 괜찮아?!"

학급 팻말을 힐끔 확인하고서 숨을 헐떡이며 문을 벌컥 여니 시선이 내게 모였다. 이어서 토카 선배와 다른 두 명도 왔다.

잇달아 상급생이 나타나자 교실이 술렁거리며 긴장된 분위기가 피부를 찔렀다.

여전히 중학생티를 벗지 못한 비슷비슷하게 생긴 얼굴들이 가득했다. 나는 그 얼굴들에 하나하나 가위표를 쳐 나갔다.

아니야.

다음!

이 녀석도 아니야.

그렇게 둘러보다가 창가 쪽 맨 앞자리에서 혼자 얼굴이 새빨개진 여자아이를 발견했다.

부드러운 검은 머리카락.

살짝 매섭게 생긴 눈.

고아한 얼굴이라 입 다물고 있으면 예쁜데, 이렇게 멍청하게 입을 벌리고 있으니 꽤 귀여웠다. 바보 같았다.

그 녀석의 맞은편에 앉은 여자아이는 무엇이 그리 즐거운지 평소처럼 웃고 있었다.

찾았다.

미야노와 타카미네다.

책상 위에 차려진 것을 보니 사이좋게 도시락을 먹고 있었나 보다.

조금 안도했다.

밥 먹을 만한 기운이 있는 것은 좋은 일이다.

"미야노. 괜찮아?"

아까 했던 말을 똑같이 한 번 더 하며 두 사람에게 갔다.

그러자 어째서인지.

미야노는 한계까지 빨개졌던 얼굴을 더욱 붉히며 엇, 아, 헤으, 흐아, 흐에, 하고 말을 이루지 못하는 소리를 늘어놓으면서 이상한 체조라도 하듯 입을 빠르게 뻐끔거리기 시작했다.

감정이 완전히 오류가 났다.

대화가 불가능한 것은 명백했다.

"타카미네."

"아하하하. 안녕하세요. 카자 선배. 그렇게 진지한 얼굴로 여긴 왜 오신 거예요?"

"누가 미야노를 울렸다는 얘기를 들었거든. 이 녀석, 쉽게 오해받는 성격이라 걱정돼서. 혹시 괴롭힘이라도 당한다거⋯⋯나?"

빠르게 말하던 목소리가 급속도로 시들해진 것은 역시 두 사람이 지은 기묘한 표정 때문이었다.

나는 진지한데 타카미네는 웃음을 꾹 참듯 뺨을 부풀렸고 대조적으로 미야노는 얼굴이 파래져 있었다.

공기라든가, 분위기라든가, 감정이라든가.

여러 가지를 파악하지 못하고 있으니 이제 한계라는 것처럼 타카미네가 푸핫 하고 감정을 터뜨렸다.

"아하하하. 카자 선배. 그래서 그렇게 다급하게 여기 온 거예요? 과보호예요. 흐~ 배 아파. 아하하하. 잘됐네, 아오. 많이 사랑받고 있어. 이건 제대로 설명해 두는 편이 좋지 않을까?"

"무, 무리야. 하지 마. 루리."

"아하하하."

"정말로 안 돼. 듣고 있어?"

"아하하하."

"루리, 웃지 말고 대답해."

"아하하하. 말해도 딱히 상관없을 것 같은데. 아오의 잔망스럽고 큐트한 일면이잖아. 결국 돈도 돌려줬고."

돈? 그런 것까지 얽힌 건가?

내가 눈썹을 찌푸리자 타카미네는 「아~ 너무 웃어서 힘들어」라며 눈가에 맺힌 눈물을 검지로 훔쳤다. 듣고 싶어요? 하고 물어서 고개를 끄덕였다.

루리, 안 돼. 안 된다니까. 하고 날뛰는 미야노를 멀찍이 밀어내며 타카미네는 장난스러운 분위기를 유지한 채 이렇게 말했다.

"흩날리는 만 엔 지폐가 인화지로 보였어. 라고 아오는 말했어요."

"……뭐?"

우리는 모두 고개를 갸우뚱했다.

미야노만이 새빨간 얼굴로 돌아가 「하지 말라니까~!」라며 진심으로 외쳤다.

조금 울상을 짓고 있었다.

✧

　오늘 아침, 조회 시간이 끝난 직후에 일어난 일이라고 한다.

　평소처럼 담임이 인사를 끝내고 나가자마자 교실은 웅성거림에 잠겼다. 어제 본 드라마 감상, 게임 공략법, 아르바이트, 동아리, 오늘 아침에 제출해야 하는 과제.

　그런 시답잖은 얘기들이었다.

　대화 내용 같은 건 뭐든 좋았다.

　할 얘기가 없다면 날씨 이야기라도 하면 된다.

　가사 없는 노래가 때때로 사람의 마음을 움직이듯, 친구의 목소리로 꾸며진 한때가 즐거울 뿐이니까.

　미야노와 타카미네도 그렇게 시간을 보내고 있었다고 한다.

　지금처럼 창가 쪽 맨 앞자리에 앉은 두 사람이 다음 달 발행 예정인 교내 신문에 관해 논의하고 있을 때 그 일이 일어났다.

　마치 금색으로 물든 바람이 지나간 것 같았다고 타카미네는 회상했다.

　바람의 정체가 같은 반 여자아이라고 인식하기까지 좀 더 시간이 필요했다. 색다르지 않았을 터인 평소의 아침 공기 속에서 금색 머리카락이 나부꼈다.

　타카미네는 그 반짝임을 쫓았다.

　달빛에 젖은 것 같은 긴 머리카락.

　푸른 하늘을 담은 두 눈.

태양 아래에서 한 번도 걷지 않은 듯한 새하얀 피부.

동화 속에 나오는 천사를 방불케 하는 그 여자아이는 입학하고 두 달 넘게 지난 지금까지 누구와도 제대로 이야기를 나눈 적이 없었다고 한다.

대답은 최소한으로.

예스라면 고개를 끄덕이고, 노라면 고개를 가로저을 뿐.

기본적으로는 무시.

그런 아이가 난데없이 교단에 섰다.

다들 그 아이를 올려다보았다.

연예인에게는 흔히 오라가 있다고들 하는데 그와 비슷한 걸까.

압도적인 존재감, 그녀의 일거수일투족에 쏟아지는 청중들의 기대.

지금부터 뭔가가 시작된다.

소설의 첫 페이지를 넘길 때 느끼는 고양감이 모든 학생의 가슴속에 일었다. 이렇게 예쁜 소녀이니 분명 자신들은 상상도 못 할 일이 벌어지리라. 비극일지 희극일지는 모르겠지만.

그런 기대는 뭐, 결과적으로 틀리지 않았다고 할 수 있었다.

소녀가 그저 숨을 들이쉬었을 뿐인데 몇몇 학생이 숨을 꼴깍 삼켰다.

그리고 그녀는 외쳤다.

들이마신 숨을 내뱉고 가슴께에서 「그것」을 뿌렸다.

"이, 이거 줄 테니꺄, 나, 나나나랑 친구가 되어죠!"

발음이 엉망이었다.

얼굴이 새빨갰다.

귀까지 새빨갰다.

형광등 빛을 받은 그 무언가가 천장을 올려다본 학생들의 얼굴에 그림자를 드리웠다. 일본인이라면 누구나 아는 직사각형 종이가 낯익은 교실에 흩날렸다.

아, 하고 정체를 눈치챈 누군가가 말했다.

"저거, 만 엔 지폐 아니야?"

"헐, 진짜잖아."

그들이 말한 대로, 일본은행이 발행했음을 나타내는 인장이 프린트된 그것은 틀림없이 만 엔 지폐였다.

군중이 상상도 하지 못한 일이었다. 부지불식간에 머리를 얻어맞은 듯한 감각에 다들 어안이 벙벙해져서 입을 벌리고 있었다.

뭐, 나도 그 자리에 있었다면 그랬을 것이다.

그렇잖아? 학교 교실에 만 엔이라고.

이해할 수가 없잖아.

하지만 그런 상황 속에서 반응해 버린 녀석이 한 명 있었다.

미야노 아오이었다.

"아, 아오. 뭐 하는 거야?"

"응?"

"아무것도 모르겠다는 얼굴이네."

어이없어하는 친구의 목소리가 미야노의 뺨을 때렸다.

낚싯대 장난감을 향해 점프하는 고양이처럼 만 엔 지폐를 캐치한 미야노는 그제야 자신이 뭘 하고 있는지 알아차렸다.

얼마나 세게 쥐고 있었는지.

만 엔 지폐 세 장이 꾸깃꾸깃했다.

교단에 선 여자아이를 보던 학생들의 시선이 미야노에게 모였다.

"아으. 아, 아니야. 이건 그런 게."

뭐가 아닌지 제대로 표현하지 못한 채, 순간적으로 돈에 반응해 버린 자신이 싫어진 미야노의 감정은 제어 불능에 빠졌다.

갈 곳을 잃은 마음은 이윽고 투명한 물방울이 되어 눈에서 흘러넘쳤다.

상황이 그렇게 되니 더는 누구도 돈을 주울 수 없었고.

이리하여 나나키 고등학교에서 일어난 사건은 미야노 아오이의 비극, 혹은 희극으로 막을 내렸다.

마지막으로 하나.

수업이 시작되고 어떻게든 침착함을 되찾은 미야노는 변명하듯 타카미네에게만 몰래 말했다고 한다.

"있지, 흩날리는 만 엔 지폐가 인화지로 보였어."

여러 가지로 말기에 빠진 아르바이트 전사의 말로였다.

우리가 이야기를 전부 들을 때까지 미야노는 침묵했다.

대체로 불퉁하게 뺨을 부풀리고서 타카미네에게 비난의 시선을 보내고 있었지만, 가끔 어이없어진 내가 미야노 쪽을 보면 황급히 고개를 홱 돌렸다.

그런 친구의 모습을 모르지도 않을 텐데 타카미네는 역시나 계속 웃었다.

하지만 이야기를 끝낸 직후에 타카미네는 잠깐 나를 향해 윙크했다. 훌륭했다. 아마 나 말고는 누구도 눈치채지 못했을 것이다.

아아, 그렇게 된 건가.

뭔가 이용당하는 것 같아서 재미없지만 넘어가 주기로 했다. 물론 어쩔 수 없이.

후배의 부탁은 들어주라고 누나도 언젠가 말했었고.

자세를 낮춰서 의자에 앉아 있는 미야노와 눈을 맞추고 도망치지 못하도록 어깨에 손을 올렸다. 미덥지 못하게 호리호리한 어깨는 힘을 주면 부러져 버릴 듯 가냘팠다.

"뭐, 뭐예요?"

미야노의 눈이 깜빡거렸다.

살짝 촉촉한 새까만 눈동자 표면에 아주 진지한 표정을 지은 내 얼굴이 비쳤다.

마치 거울처럼 나는 그 녀석의 표정을 생긋 웃는 얼굴로 바꾸고 말했다.

바보 같은 녀석.

"미야노. 너 바보지?"

"예? 아, 허, 허어? 뭐 하자는 거예요? 느닷없이 바보라니."

"미안해. 내가 요전번에 빌린 인화지를 바로 돌려주지 않아서 이런 일을 벌인 거지?"

장난치듯, 놀리듯 그렇게 말했다.

상냥한 말 같은 건 필요 없다.

자업자득이다.

바보다. 이 녀석은 진짜 바보 멍청이다.

정말이지, 걱정하게 만들고 말이야.

"이 오빠도 같이 사과하러 가 줄게. 자신의 죄를 인정하고 함께 맛없는 밥이라도 먹자."

"누가 오빠예요? 그리고 이미 제대로 사과했고 돈도 돌려줬어요!"

"죄는 혼자서 청산했다는 건가."

"네."

"그럼 칭찬해 줄게. 어유, 기특해라."

미야노의 머리를 가볍게 쓰다듬었다. 부드러운 흑발이 손바닥을 스쳐 지나갔다. 미야노는 살짝 낯간지러워하다가 이내 퍼뜩 정신을 차리고서 얼굴을 찌푸리고 호통쳤다.

"여자의 머리를 거리낌 없이 만지는 건 성희롱이에요!"

응, 이거면 됐다.

이래야 내가 아는 미야노 아오이지.

침울한 얼굴은 어울리지 않는다.

마침내 평상시 모습을 되찾은 미야노를 보고 있으니 타카미네가 쪼르르 다가와서 나한테만 들리게 속삭였다.

"제 의도를 헤아려 줘서 고마워요. 덕분에 아오가 기운을 차렸어요. 역시 아오에게는 카자 선배네요."

"뭐, 카자마츠리 토와의 절반은 상냥함으로 이루어져 있으니까."

"아하하하. 그렇게 쑥스러워하는 구석도 저는 꽤 좋아해요."

그런 의미가 아니라는 것을 알고 있어도 귓가에서 들린「좋아한다」는 말에는 상당한 위력이 있었다.

나도 모르게 얼굴을 붉히자 타카미네는 아하 하고 장난스럽게 웃은 뒤 뺨을 콕 찔렀다.

타카미네가 남자들에게 인기 있는 이유를 알게 되어 조금 분했다.

그때, 오늘만 몇 번째인지 알 수 없는 위압감이 뒤에서 느껴지며 심장에 쌩하니 찬바람이 불었다.

나는 돌아볼 수 없었다.

누구라고 굳이 말하지 않겠지만 강한 감정이 담긴 시선이 아까부터 등에 푹푹 박히고 있었다.

그래, 푹푹.

콕콕이라는 표현으로는 분명 부족하다.

허둥지둥 일어나 타카미네와 조금 거리를 두고 물었다.

"그, 그러고 보니, 만 엔 지폐를 뿌렸다는 그 재미있는 금발 아이는 누구야?"

내용은 뭐든 좋았다.

분위기를 바꾸고 싶다.

내게는 그 마음 하나밖에 없었다.

"아하, 카자 선배도 역시 금발 미소녀가 좋아요?"

"남자의 로망이긴 하니까."

"아하하하. 그런가요. 방금 그건 본인이 한 말이니까, 무슨 일이 생기면 책임은 본인이 지세요. 진지하게 받아들이고 자랑거리인 흑발을 만지작거리기 시작한 사람이 두 명쯤 있으니까요."

"또 이해 못 할 소리 하네. 아무튼 누구야?"

"아하하하. 저기서 혼자 책 읽고 있는 아이예요. 원래부터 혼자 있는 아이였지만 오늘 일로 거리가 조금 더 벌어졌다고 할까요. 역시 갑작스러워서 다들 어쩌면 좋을지 모르는 거죠."

그렇게 타카미네가 말함과 동시에 바람이 불며 얇은 커튼이 내 시야를 가렸다. 그래도 으스름달처럼 어슴푸레한 금색이 보였다.

그녀의 손에 들린 책이 바람에 팔락팔락 넘어갔다. 우와, 바람 되게 세네. 누군가의 그 목소리가 들렸는지 소녀가 얼굴을 들었다.

한순간 일었던 돌풍이 움직임을 멈추자 둥글게 부풀었던 커튼도 원래 위치로 돌아왔다.

그래서 이제 우리를 가로막는 것은 없었다.

긴 속눈썹이 흰 피부에 그림자를 드리우고 있었다.

"어?"

바람에 흐트러진 머리를 손으로 빗다가 나를 본 눈이 놀람으로 크게 뜨였다.

동시에 그녀는 움직였다.

바람처럼 가볍게 자리에서 일어나 일직선으로 내게 다가왔다.

"뭐, 뭐야, 갑자, 억."

말을 마치기도 전에 거리는 제로가 되었다.

넥타이를 세게 잡아서 균형이 무너졌다. 비틀거리다가 뒤에 있던 책상에 엉덩이를 부딪치고 손을 올렸다. 이윽고 숨이 닿을 만큼 가까운 곳에 예쁜 얼굴이 있음을 인식하여 깜짝 놀랐다.

피부는 투명하리만큼 하얬고 이목구비는 일반적인 일본인보다 훨씬 뚜렷했다.

북유럽인과의 혼혈일까.

코앞에서 본 그 얼굴은 예술의 폭력이었다.

토카 선배와 하쿠노를 보며 예쁜 얼굴에 익숙해졌을 터인 나도 놀랄 정도이니 대단했다.

그녀의 입술이 천천히 움직였다.

"어, 어째서?"

목소리는 떨리고 있었다.

"뭐가?"

"어째서 당신 혼자 「옅어」?"

"뭐?"

"응? 어째서 당신만?"

대화가 성립되지 않은 채, 그녀는 갑자기 넥타이를 잡지 않은 손으로 내 얼굴을 더듬거리기 시작했다. 가늘고 차가운 손가락이 내 눈을, 코를, 입술을, 윤곽선을 만지작대서 조금 간지러웠다.

살살 덧그리고 마지막으로 뺨을 잡아당겼다.

이번에는 아팠다.

하지만 그녀는 곧장 내게서 떨어졌다.

토와 군, 이리 와. 하고 마치 누나처럼 말한 토카 선배가 내 팔에 단단히 팔짱을 꼈고 반대쪽 팔은 미야노가 잡고 있었다.

상황을 전혀 이해하지 못한 나와, 이상하다는 듯 자신의 손과 내 얼굴을 돌아보는 미소녀를 중심으로 세계만이 멋대로 움직였다.

"선배에게 뭐 하는 거야!"

미야노가 말했다.

"서, 선배?"

내 넥타이 색깔을 그제야 확인했는지 그녀는 다시금 나와 마주했다. 그리고서 용기를 짜내는 것처럼 치마를 쥐었다.

"아, 저어어, 저기! 당신, 나랑 친구가 되지 않을래? 어, 돈이 필요하다면 준비할 테니까."

"난데없이 돈 얘기를 꺼내다니, 예의 없는 후배네."

"그, 그럼, 어떻게 해야 해?"

"어떻게? 으음, 자기소개 아닐까?"

"……자기소개. 이름을 가르쳐 주면 당신은 나랑 친구가 돼?"

"그건 모르겠지만, 최소한 나는 이름도 모르는 녀석과 친구가 될 마음이 없어."

단호하게 말해 뒀다.

"나는, 코가네이 루이."

"코가네이인가. 나는―."

이름을 밝히자 코가네이는 아까보다 더 깜짝 놀라며 눈을 크게 떴다.

그리고 역시 떨리는 목소리로 내 이름을 따라 말했다.

"카자마츠리, 토와?"

"맞아."

"당신이?"

코가네이의 손에서 내 넥타이가 스르르 빠졌다.

그 후 코가네이는 뭔가 생각에 잠긴 듯 아무 말 없이 자기 자리로 돌아갔다.

아아, 또인가.

이런 반응은 슬프게도 익숙했다.

내 이름은 지금 그런대로 유명했다. 거기에 따라붙는 것은 호기심 어린 시선과 「텐구 군」이라는 불명예스러운 별명이었다.

현재 잘 팔리고 있는 소설 「잔잔한 마을에서 노래해」의 표지를 찍은 사람이 나니까.

물론 방금 있었던 일은 교실에 있던 모든 학생이 보았다.

아직 입학한 지 두 달밖에 안 된 후배들.

「카자마츠리 토와」가 이 학교에 있다는 건 알아도 실제로 얼굴은 모르는 사람도 많았을 터. 쳇, 저질렀네. 나쁜 쪽으로 너무 눈에 띄었다.

물론 선배인 나한테 대놓고 뭐라고 하는 녀석은 없었다.

그러나 작은 속삭임이 교실을 물들였다.

대화 내용까지는 확실히 들리지 않지만 흐려진 공기가 매우 무거웠다.

이런 건 이미 익숙할 텐데.

하지만 역시 기분이 좋지는 않았다.

주먹 쥔 손에 나도 모르게 힘이 들어갔다.

그것을 눈치챈 토카 선배가 내 팔에 한층 세게 달라붙었다.

교실에 있는 모두에게 들리도록 미야노가 일부러 크게 나를 불렀다.

"저기, 카자마츠리 썬배."

힘이 너무 들어갔는지 발음이 샜다.

하지만 그 덕분에 분위기가 느슨해진 것도 분명했다.

어깨에서 힘이 빠지며 평소처럼 미야노를 돌아볼 수 있었다. 고맙다고 말해 두자.

물론 마음속으로만……

본인에게 말하는 건 조금 쑥스러우니까.

"왜?"

"으음, 저기, 그게, 아, 그래. 부탁이 하나 있는데요."

"부탁?"

"수업 끝나고 잠깐 시간 좀 내 주실 수 있나요? 실은 조금 곤란한 일이 있거든요."

3

수업이 모두 끝나고 토카 선배와 합류한 뒤, 학교 부지 끄트머리에 있는 동아리관에 갔다. 하쿠노도 쪼르르 따라왔다.

참고로 에이시는 학생회에 갔다.

그 녀석은 수업이 끝나면 꽤 바쁘다.

그런고로 형광등 수명이 다해 가는 조금 어둑한 복도를 셋이서 걸었다. 1년 넘게 나나고에 다녔는데 동아리관에 들어온 것은 처음이었다.

흰색 벽은 다소 더러웠고 벗겨진 곳도 있었다.

걸어가며 흠집을 만져 봤다.

까슬까슬한 감촉이 손끝을 따라 흘러갔다.

많은 동아리방이 창고로만 쓰이는지 방과 후인데도 매우 조용했다.

우리의 목소리만이 울렸다가 사라졌다.

"토카 선배. 언니 보러 안 가도 돼?"

"조금 늦을 거라고 연락해 뒀어."

"굳이 같이 와 주지 않아도 괜찮은데."

그렇게 말하자 토카 선배는 잠깐 하쿠노 쪽을 훔쳐봤다.

"그거 알아? 나는 욕심쟁이야."

"그리고 꽤 고집쟁이지."

"응. 그래서 소중한 것은 남김없이 힘껏 소중히 여겨. 지금까지 많은 것을 포기했으니 이제부터는 더 욕심을 부릴 거야. 언니는 소중하지만, 지금 나는 언니와 비슷하게 너와 함께 있는 시간도 소중해."

"그러십니까."

"그렇답니다."

공교롭게도 뭔가 분위기가 낯간지러워졌다.

나는 목덜미를 벅벅 긁으며 말했다.

"하쿠노는 왜 있는 거야?"

"어? 그야 토와가 나 몰래 맛있는 걸 먹으면 치사하잖아."

당연한 거 아니냐는 느낌이었다.

딱히 맛있는 걸 먹으러 가는 것은 아니지만 말이지.

길게 뻗은 복도의 끝에서 두 번째 방에 도착하여 노크하자 「네~」 하고 아는 목소리가 들림과 동시에 문이 열렸다.

생긋 웃음이 피었다.

"나나고 사진부에 오신 걸 환영합니다."

얼굴을 내민 타카미네가 그렇게 말했다.

나나키 고등학교 사진부는 요즘 세상에 보기 드물게도 필름 현상부터 인화까지 할 수 있는 사진부였다.

이렇게 말해도 잘 와닿지 않을 테니 한마디로 정리하면, 요컨대 동아리방 안쪽에 암실이 확실하게 정비되어 있다는 말이다.

전성기에는 부원 수가 스무 명을 넘는 큰 동아리였던 것 같지만 지금은 쇠퇴 일로를 걷고 있었다.

현재 부원은 신입생인 미야노를 포함해도 셋.

동아리로 인정받을 수 있는 최소 인원인 다섯 명도 채우지 못했다.

즉, 존속이 걸린 갈림길에 서 있다고 했다.

그런 상황이니 이야기만이라도 들어 달라고 미야노가 내게 말한 것이다.

앉으라고 내준 접이식 의자에 나, 토카 선배, 하쿠노 순으로 앉았다. 하쿠노는 대접받은 쿠키를 바로 신나게 먹기 시작했다. 정말 이 녀석은 한결같다니까.

책상 반대편에는 주황색 넥타이를 맨 키 큰 남학생. 그리고 초록색 리본을 맨 얌전해 보이는 여학생. 마지막으로 「Azure」 콤비가 있었다.

어째선지 이 중에서 유일하게 사진부가 아닐 터인 타카미네가 말을 꺼냈다.

"그럼 정식으로 다시. 선배님들, 사진부에 들어오지 않으실래요?"

"으음, 뭐부터 지적하면 좋을까. 애초에 타카미네, 너 사진부야?"

"무슨 소릴 하시는 거예요. 저는 카메라 못 다뤄요."

아하하하, 타카미네는 평소처럼 웃었다.

"그렇겠지. 그럼 어째서 네가 진행하는 거야. 넌 신문부잖아?"

"토와 군, 토와 군. 나나고에는 신문부가 없을걸?"

"어? 하지만 이 녀석들은 신문부에 들어갔다고 했는데."

"아뇨, 카자 선배. 오미 선배의 말이 맞아요. 작년까지는 그 랬죠. 교장 선생님께 살~짝 부탁을 해서 두 명뿐이지만 특례 로 만들어지게 됐어요. 역시 동아리비까지 받을 수는 없었지 만 그쪽은 차차 해결할 거고요. 덧붙여 동아리방은 아오를 위 해 사진부 옆이에요. 에헴."

"특례라니, 그런 게 가능해?"

"가능에 가까운 가능이죠. 저랑 아오가 아주 귀엽잖아요."

그렇게 말하며 타카미네는 보란 듯이 메모장을 팔랑팔랑 흔들었다. 입이 가려져 있지만 씨익 웃고 있다는 것을 대충 알 수 있었다. 우와, 으스스한 걸 봤다.

불가능에 가까운 불가능을 억지로 가능하게 만든 거다, 분명.

저건 정보통으로 유명한 타카미네가 모은 데이터를 하나하 나 적어 뒀다는 메모장이었고 내가 알기로 66권쯤 존재했다.

개중에는 꽤 악랄한 정보도 있다나 뭐라나.

그걸 저 녀석은 암행어사의 마패처럼 쓸 때가 있었다. 이게 안 보이느냐, 하고 말하지는 않지만. 아니, 어쩌면 말할 때가 있을지도 모른다. 내가 알지 못할 뿐이지.

중학생 때는 신문부 동아리방에 잠금장치를 달기도 하고 최신형 PC와 프린터를 도입시킨 실적이 확실히 존재했다.

장본인은 「아하하하, 우리의 노력을 교장 선생님이 인정해 주셨을 뿐이에요」라며 시치미를 뗐지만 과연 어떨지.

이건 너무 깊이 파고들지 않는 편이 좋을 것 같다.

메모장에서 눈을 돌려 동아리방을 둘러보니 졸업생들이 찍은 듯한 사진들이 벽에 붙어 있었다.

초점이 제대로 맞지 않아서 피사계 심도가 얕은 사진도 있고 현상에 실패하여 필름에 얼룩이나 흠집이 생긴 사진도 있었다.

전부 잘 찍었다고는 빈말로도 말할 수 없었다.

그래도 파인더를 통해 바라본 세상에서 아름다운 것을 찾아냈다는 기쁨이 그 사진들에는 듬뿍 담겨 있었다.

그것을 표현하고자 한 마음.

누군가에게 전하고 싶다는 바람.

누군가와 공유할 수 있다는 믿음.

그래. 사진은 그거면 된다.

개인적인 지론이지만…….

책꽂이에는 나도 예전에 샀던 월간 카메라 잡지가 쭉 꽂혀 있었다.

부원의 개인 물품은 수납장에 정돈되어 있었다.

필름의 품질 유지를 위해서인지 냉장고도 확실하게 설치되어 있었다.

동아리 소유의 대여용 DSLR 몇 개가 렌즈와 함께 방습고에 들어 있었다. 하나에 10만 엔쯤 하는 줌 렌즈와 어안 렌즈도 있는 것 같았다.

나도 모르게 흥미롭게 물색하고 있으니 토카 선배가 「토와 군」 하고 부르며 팔을 찔렀다.

과자에 빠져 있는 하쿠노를 제외하고 모두가 나를 보고 있었다. 미야노가 매우 기뻐하며 키득키득 웃고 있는 것이 인상적이었다.

"미안. 조금 신이 나서."

"아니, 괜찮아. 관심 가는 게 있으면 만져 봐도 돼."

그렇게 말한 사람은 사진부의 현 부장인 하이로 유우 선배였다.

키가 2미터는 되어 보이는데 자세가 구부정해서 별로 위압감은 없었다. 몸도 가늘고. 긴 앞머리 때문에 후줄근한 인상을 주지만, 그 사이로 보이는 눈에서는 유리구슬 같은 앳된 빛이 흘러넘쳤다.

"카미시로 양, 혹시 배고픈가요? 이 과자도 먹어도 돼요. 제가 만든 거지만요."

하이로 부장 옆에서 포근한 분위기를 풍기며 하쿠노에게 과자를 권하는 사람은 나와 동급생이라는 부부장 모모우 모모.

다른 반이고, 눈에 띄는 타입은 아니라서 지금껏 접점은 없었다.

내가 보고 있다는 걸 알아차린 듯했다.

"아, 카자마츠리 군도 괜찮으면 과자 먹어요."

배려할 줄 아는 아이인 것 같았다.

토와한테 줄 바에야 내가 먹겠다며 옆에서 과자를 뺏어 가는 내 소꿉친구에게 손톱의 때라도 달여 먹여서 본받게 하고

싶다고 비교적 진지하게 생각했다.

하쿠노의 자유분방함에 두통을 느끼면서도 본론으로 들어가기로 했다.

"으음, 그럼, 뭐, 질문. 활동 빈도는?"

이에 모모우가 대답했다.

"사진 비평회를 겸하여 한 달에 한 번 모임이 있고, 자유 참가지만 촬영회 등의 합동 활동을 몇 개 기획 중이에요. 그리고 학생회에 활동을 보고해야 하니 문화제 때 사진을 전시하는 정도일까요. 암실은 비어 있다면 자유롭게 써도 돼요. 미리 예약할 때는 벽에 걸린 달력에 적어 주세요."

"필름 카메라만 다뤄?"

"저는 DSLR파예요. 조금 구형이지만 컴퓨터도 있어요. 디지털 가공에 관해서는 부장보다 제가 더 자세히 아니까 관심 있으면 물어봐 주세요."

동아리비에 관해……

규칙에 관해……

그렇게 물어보다가 어느새 화제는 동아리 활동의 추억과 좋아하는 사진으로 넘어갔다.

어느 메이커의 카메라를 좋아하는지.

특기 분야는 무엇인지.

꽤 신선했다.

줄곧 사진을 찍었지만 또래와 이런 이야기를 나누는 것은 처음이었으니까.

부장은 건축물, 모모우는 동물을 찍는 걸 좋아한다고 했다.

책상 위에 놓여 있던 스크랩북을 펼쳐 보니 카비네판 사진들이 붙어 있었다.

발자국을 남기듯이, 일기를 쓰듯이, 날짜와 사진이 있고, 주위에는 다양한 글씨체로 감상이 적혀 있었다.

좋다든가 별로라는 식의 간단한 의견이 있는가 하면 세세한 지적과 그에 대한 반론도 적혀 있었다. 단순한 글자인데 꽤 떠들썩한 느낌이 나서 나도 모르게 웃고 말았다.

모르는 사람들일 텐데 그 목소리가 들리는 것 같았다.

귀를 기울이니 역시 즐겁게 웃는 소리가 들렸다. 그런 기분이 들었다.

1년 전, 2년 전, 그보다 더 옛날.

이곳에서 먼저 지냈던 사람들이 쌓아 온 것의 숨결이었다.

어느새 나는 굉장히 편안한 기분을 느끼고 있었다.

하이로 부장이 웃었다.

"그래서 어때? 들어와 줄래?"

하지만 나는 바로 고개를 끄덕이지 못했다.

점심시간의 광경이 마음에 걸렸다.

악의가 담긴 공기는 때때로 본인이 아니라 주위에 있는 사람까지 상처 입히기도 한다.

실제로 오늘 속닥거리던 이야기 속에는 나와 함께 있던 토카 선배와 에이시, 하쿠노의 이름도 올랐을 것이다.

그런 내가 동아리에 가입해도 될까.

폐를 끼치지 않을까.

"근데, 굉장히 새삼스럽지만 나로 괜찮아?"

확실하게 물어봐야 하는 사항인데 목소리가 조금 작아져 버렸다.

하이로 부장과 모모우는 어리둥절한 표정을 지었다.

혹시 안 들렸나 불안해졌지만 그렇지는 않은 듯했다. 두 사람은 곧바로 활짝 웃었다.

"너로 괜찮냐고? 물론이지. 오늘 얘기해 보고 확신했어. 넌 우리랑 똑같은 카메라 바보야. 그 이상으로 필요한 자격은 없어."

"부장님, 말투를 좀……. 저기, 저도 카자마츠리 군이 들어와 준다면 아주 기쁠 거예요."

"아니, 그게 아니라. 내가 들어오면, 그, 이런저런 말을 듣지 않을까."

목소리가 더 작아졌다.

고개가 점점 내려갔다.

하지만—

"카자마츠리."

강하게 내 이름을 부르는 소리가 났다.

얼굴을 들자 하이로 부장이 지그시 나를 보고 있었다.

"네가 뭘 신경 쓰고 있는지는 이해해. 그러니 동아리에 들어오느냐 마느냐를 정하기 전에 이것만큼은 알아줬으면 해. 적어도 이곳에는 너를 「그런 식」으로 부르는 사람은 없고, 신경 쓰는 녀석도 없어. 무슨 일이 생기면 네 편이 될 각오도 있어. 그 사진을 찍으려면 얼마나 많은 기술과 시간과 마음이 필요한지 우리는 알거든. 그건 우연히 찍을 수 있는 사진이 아니야. 그리고 그만큼 필요해서 쌓아 올린 것을 간단히 버릴 리가 없다는 것도 알아. 더 간단히 말할까."

아아, 이건 그의 본심이다.

알 수 있었다.

악의에 색이 있듯, 호의에도 확실한 색이 존재했다.

두 사람의 목소리는 봄볕과 비슷했다.

상냥한 노란색.

만지면 따뜻하다.

"우리는 네 사진을 좋아해."

기쁘다. 그런 목소리가 들렸다.

소리 내어 말해 버렸나 싶어서 당황했지만 생각해 보니 그건 내 목소리가 아니었다. 옆에 앉은 토카 선배가 정말로 정말로 기쁘게 웃고 있었다. 토와 군을 알아주는 사람이 있어서 기뻐.

누구에게도 보이지 않는 위치에서 토카 선배의 손이 내 손 위에 포개졌다.

"응. 나 가입할래. 언니 병문안하러 가야 해서 자주 못 올지도 모르지만."

자유로운 반대쪽 손을 들고 토카 선배가 말했다.

"오미, 카메라에 관심 있었어?"

"얼마 전부터 토와 군에게 배운 하프 카메라를 시작했어.

언젠가 직접 현상도 하고 싶다고 생각하던 차니까 잘됐다 싶어서."

"흐응. 하프 카메라인가. 정취가 있네."

"뭔가 재미있어 보이니까 나도 가입할까. 모모우가 만든 과자도 맛있고. 있지, 또 만들어 줄래?"

"좋아요. 잔뜩 만들어 올게요."

"야호. 약속이야."

이로써 부원은 다섯 명.

동아리 존속만이 목적이라면 조건은 클리어다.

나를 억지로 가입시킬 필요는 없다.

그런데도 다들 나를 보고 있었다.

나를, 기다리고 있었다.

"아하하하. 이제 카자 선배만 남았어요."

타카미네가 웃었다.

"마, 맞아요."

미야노는 기뻐 보였다.

"우후후후. 맛있어."

하쿠노가 기뻐하는 이유는…… 쿠키지만.

"그렇대, 토와 군."

토카 선배가 대답을 재촉했다.

그래서 나도 웃으며 이렇게 말했다.

"잘 부탁해."

이곳은 사진부인데 카메라를 가져오지 않은 것을 조금 후회했다.

실수했네.

지금 이 순간을 사진으로 남기면 좋았을 텐데.

분명 「빛」이 깃들어 있을 테니까.

4

서둘러 병원에 가는 토카 선배를 배웅한 후, 가방을 교실에 깜빡 두고 왔다는 하쿠노를 신발장에서 기다리고 있었다. 조금 고민하다가 신발을 갈아 신고 먼저 밖에 나갔다.

뺨에 닿는 바람이 간지러웠다.

장마도 아직 시작되지 않았는데 공기에서 아주 조금 여름 냄새가 나는 것 같았다. 그것은 생명력 넘치는 찬란함이었다.

"동아리인가."

나도 모르게 말했다.

왠지 가만있을 수 없었다.

충족감 같은 것이 이미 몸 곳곳을 채우고 있었다.

알 수 없는 그 고순도 에너지체가 흘러넘쳐서 내 몸을 멋대로 움직이려고 했다.

손을 꽉 움켜쥐었다가 펴며 들뜬 마음을 어떻게든 제어해 보려고 했다. 전혀 제어되지 않았다.

그래도 나쁘지 않았다.

정말로, 나쁘지 않은 기분이었다.

결국 손을 펴서 하늘로 뻗어 보았다.

자글자글 태우는 듯한 열기가 손바닥으로 느껴졌다.

잡을 수 없는 것이지만 잡고 싶은 것처럼 꽉 주먹을 쥐었다.

이런 풋내 나고 낯간지러운 짓은 안 하는 성격인 줄 알았는데 말이지.

토카 선배와 시련을 겪으며 나도 아마 조금 바뀐 거겠지.

나는 다시 사진을 찍는다.

누나만을 위해서가 아니라 많은 사람이 웃었으면 하니까 사진을 찍는다.

찍고 싶다.

그런 생각을 하고 있을 때—.

"카자마츠리, 토와?"

누군가가 내 이름을 불렀다.

자신 없다는 것이 작은 어미에 나타나 있었다. 들어 본 적이 있는 그 목소리는, 당연하지만 본 적 있는 얼굴을 대동하고 있었다.

"코가네이 루이인가. 이봐, 후배. 일단 선배를 붙이는 게 어때?"

나도 선배들을 깍듯이 대하지는 않지만 그렇게 말해 봤다.

"아, 맞았어. 자, 잠깐만 나랑 같이 가."

"무시냐. 뭐, 딱히 상관없지만. 아무튼 모처럼 제안해 줬는데 미안. 이미 데이트가 예정되어 있어서. 난 인기가 많거든."

"나를 우선해 줘."

"싫어. 이유가 없잖아. 정 원한다면 우선권이라도 가져와."

"그, 그거라면 있어."

"뭐?"

내 말에서 뭔가 희망을 보았는지 코가네이는 허둥지둥 가방에 손을 넣었다. 급하게 뒤적이느라 교과서와 필통 등이 흘러나오려고 했다.

그렇게 코가네이가 꺼낸 것은 책 한 권이었다.

새삼 놀라지는 않았다.

잘 아는 책이었고 예감도 들었다.

질리도록 본 표지와 지겹게 들은 제목.

"「잔잔한 마을에서 노래해」, 물론 알지?"

"그게 어쨌는데?"

코가네이는 대답하지 않았다.

책을 들고 천천히 다가올 뿐이었다.

살랑살랑 하늘하늘 흔들리면서도 조금도 한눈팔지 않고 똑바로.

그렇게 내 앞에 멈춰 서더니 코앞으로 책을 내밀었다.

"안타깝지만 코가네이. 이건 우선권이 아니야."

"이번에는 도망치지 않았으면 좋겠어. 이건 1년 전에 못 했던 걸 이어 하는 거야."

문득 일깨워진 기억이 있었다.

이름조차 모르는 소녀의 목소리.

『잠깐 멈춰 봐. 얘기를 들어 줘. ……부탁이야. 카자마츠리 토와.』

　어느 방과 후.

　답답함과 분노와 후회와.

　얼굴을 들자 그날의 얼굴이 확실히 그곳에 있었다.

　어째서 눈치채지 못했을까.

　조금 머리가 길어졌다.

　교복도 다르다.

　아니, 그런 건 변명이다.

　보고 있던 경치가, 가지고 있던 감정이, 시간을 뛰어넘어 지금의 나에게 겹쳐졌다.

　끊어진 꿈이, 내가 중단시킨 이야기가 이어졌다.

　"너, 그때 그……."

　"기억하는구나. 마, 맞아. 이건 그날 못 했던 걸 이어 하는 거야. 이 표지 사진을 찍은 사람은 카자마츠리 토와. 당신이지."

　내밀었던 책을 내리더니 이번에는 가슴에 떠밀었다.

　조금 아파서 균형이 무너졌다.

　내가 한 걸음 물러난 만큼 코가네이가 한 걸음 다가왔다. 그녀는 물러나지 않았다. 누르는 힘이 강해졌다. 살에 파고들어서 아팠다.

　그리고 코가네이의 떨림이 느껴졌다.

　분노인지, 공포인지, 슬픔인지.

　전혀 알 수 없는 감정을 마주하고 무의식적으로 텅 빈 손을 펼쳤으나 나는 그녀가 내민 책을 어떻게도 할 수 없었다.

왜냐하면 자격이 없었다.

그날, 다른 누구도 아닌 누나의 손을 뿌리치고 말았으니까.

받지도 내치지도 못하는 손은 후회만을 단단히 움켜쥐었다.

"……맞아. 그 사진은 확실히 내가 찍었어."

그래도 토카 선배와 시련을 겪은 나는 이 사진이 내가 찍은 것임을 인정할 수 있었다.

이 사진은 아니, 이 사진뿐만이 아닌가.

내가 찍은 사진은 모두 나와 누나의 자랑거리니까.

내 대답에 고개를 끄덕인 코가네이는 이렇게 말을 이었다.

"그럼 이 이야기를 쓴 사람은 누굴까?"

"누구냐니.「소라우미」라는 필명을 쓰는 중학생 작……."

대답하다가 말문이 막혔다.

다시 한 번 코가네이를 확실히 봤다.

손안에 나타난 조각이 차례차례 빈 자리에 맞춰지며 이윽고 그림 하나가 완성되었다. 아아, 그렇게 된 건가.

이 책이 발매된 것은 약 1년 전.

중학생이었던 작가가 고등학생이 되었어도 이상하지는 않다.

그래서 코가네이는, 아니.

"저, 정식으로 다시 인사할게. 반가워, 카자마츠리 토와. 내가「잔잔한 마을에서 노래해」의 작가, 소라우미야."

소라우미는 말했다.

"오늘은 나를 우선해 줘."

볼일이 생겼다고 하쿠노에게 메시지 앱으로 연락하고 나서 「기다렸지?」 하고 코가네이에게 다가가자 그녀는 고개를 끄덕였다.

진짜 데이트하려고 만난 것 같았다.

문득 토카 선배가 무섭게 웃는 얼굴이 머릿속에 떠올라 등골이 오싹해졌다. 아니, 아니, 아니. 딱히 떳떳하지 못한 일을 하는 건 아니잖아. 정신 차리자.

그렇게 마음을 단단히 먹으면서도 뭐, 굳이 보고할 필요는 없다고 생각했다.

함께 정문을 나선 뒤로는 코가네이가 따라오라고 해서 그대로 걸었다.

앞서 걷는 코가네이의 예쁜 머리카락을 바라보며 태평하게 중얼거렸다.

"그나저나 굉장한 우연이네. 너도 슈쿠세이시에 살았다니."

"그렇지는 않아. 고등학교에 진학하면서 이사 온 거야."

"그래? 왜 이리로 왔어?"

"……꼭 이루고 싶은 소원이 있었으니까. 그리고 뭐, 이런저런 일이 있어서. 딱 좋은 타이밍이었고."

이 마을에 오는 사람 대부분이 하는 말을 코가네이도 꺼냈다.

소원.

그리고 기적.

이 마을에 전해져 내려오는 세상에서 가장 아름다운 이야기.

"너도 미라크티어가 만드는 기적에 매달린 건가."

"딱히 그렇지는. ……아니다. 그렇게 됐을지도 몰라."

이해할 수 없는 대답을 끝으로 코가네이는 입을 다물어 버렸다.

규칙적인 발소리만이 침묵을 흔들었다.

노을 진 하늘은 붉었고 산은 희뿌옜다.

기울어진 빛을 받아 코가네이의 머리카락이 반짝반짝 빛났다.

코가네이가 좋다며 빛의 입자가 에워싸고 있는 것 같았다.

그 모습을 바라보고 싶어서 나는 속도를 늦췄다.

대충 다섯 걸음 정도 코가네이가 앞서 걷게 되었다.

"어디까지 가게?"

"내가 소라우미라는 증거를 보일 수 있고, 누구도 얘기를 듣지 못하는 곳."

"빙빙 돌려 말하면 이해를 못 하는데."

"소설가는 그런 생물이야."

"그런 건 소설가끼리 해 줘. 나는 평범한 일반인이야. 그런데 너, 홍차랑 커피 중에서 뭘 좋아해?"

"홍차."

짧게 대답한 코가네이는 살짝 부끄러워하며 커피는 쓰다고 덧붙였다.

마침 눈에 들어온 자판기에 500엔짜리 동전을 넣었다.

콜라와 홍차를 골랐다.

내가 멈춘 것을 눈치챈 코가네이도 발을 멈췄다.

"받아."

이쪽을 보고 있는 코가네이에게 홍차를 던졌다.

"어? 무, 무슨, 아, 어어."

한 번에 잡지 못하며 캔이 손 근처에서 조금 날뛰었으나 결국에는 나이스 캐치.

작은 손에 그보다도 작은 캔이 딱 알맞게 들어갔다.

지켜보고서 한 번 더 물었다.

"줄게. 그래서 결국 어디 가는 거야?"

"……내 방."

학교에서 10분쯤 걸었을 때 여기라며 코가네이가 건물을 가리켰다.

올봄에 지어진 맨션을 둘이서 올려다보았다.

건설 중에는 왜 슈쿠세이시에 이런 건물을 짓나 싶었는데, 아무래도 수요는 있었나 보다.

그렇다고 해도 결국 시골이었다.

TV에 나오는 고급 아파트처럼 몇십 층짜리 건물은 아니었고 기껏해야 4층밖에 안 됐다.

계단으로 3층까지 올라가 복도 끝으로 갔다.

"이 집이야."

역시나 짧은 설명과 함께 코가네이가 열쇠를 돌리자 문이 천천히 열렸다. 어슴푸레한 어둠을 빛이 밝혀 나갔다.

코가네이가 현관에 휙 벗은 단화의 둥근 윤곽이 저녁에 젖어 오렌지빛을 띠었다.

문을 닫자 반대로 빛이 줄어들며 어둠에 휩싸였다.

봄인데도 여러 가지가 조금 차갑고 어두웠다.

"다녀왔습니다."

"실례합니다. ……아무도 없어?"

"엄마는 일하러 갔어. 아빠는 대학교수라 같이 못 왔고."

"즉, 지금은 나랑 너, 단둘이란 건가."

"맞아."

"그런 곳에 남자를 부르지 마."

"그럼 안 돼?"

"경계심이 없다는 말이야. 무슨 일이 생겨도 난 모른다."

"그건 괜찮아. 카자마츠리 토와는 그런 짓 안 한다는 거 알아."

"어떻게?"

"비, 비밀이야."

코가네이를 따라 복도에 발을 들였다. 익숙하게 나아가는 코가네이를 쫓아 그녀의 방으로.

코가네이가 스위치를 달칵 누르자 방이 빛에 휩싸였다.

그리고 나는 중얼거렸다.

"이게 뭐야."

바닥이 전혀 보이지 않았다.

발 디딜 곳도 없을 만큼 많은 원고용지가 바닥을 뒤덮고 있었다. 자세히 보니 전부 글자가 적혀 있었다.

손으로 쓴 것과 인쇄된 것이 반반 정도.

접힌 자국이 있는 것, 둥글게 구긴 것.

빨간색과 파란색 펜으로 수정된 것도 있었다.

태어나지 못한 이야기의 조각이, 코가네이의 분노가, 초조함이, 눈에 보이는 확실한 형태로 쌓여 있었다.

"미안. 청소 안 했어. 밟아도 괜찮아. 실패작이니까."

책장에 다 꽂지 못한 책들도 바닥과 책상에 쌓여 있었다.

종이 냄새가 방에 가득했다.

여자의 방이라기보다 도서관 냄새에 가까웠다.

"잘도 이런 곳에 사람을 불렀네."

"꽤 넓다고 생각하는데. 이런 방에 사람을 부르면 안 돼?"

"아니, 그게 아니라. 정리가 안 되어 있잖아. 친구를 불러도 기겁할걸."

"친구는, 이제 없어."

코가네이가 방구석을 공허한 눈으로 바라보았다.

그곳에는 소라우미의 소설이 수북이 쌓여 있었다.

서점처럼 수십 권이.

증정본일 것이다.

출판사에서 저자에게 보내는 견본 같은 것.

딱히 의심하지는 않았으나, 그걸 보고 코가네이가 진짜로 소라우미임을 강하게 실감했다.

"그래서 이 방에 들어온 사람은 당신이 처음이야. 미안하지만 적당히 앉아."

방석도 내주지 않으려나 보다.

어쩔 수 없이 눈에 보이는 종이만 정리하고 모습을 드러낸 바닥에 앉았다.

한편 코가네이는 익숙한 발걸음으로 침대에 가서 앉았다. 작은 몸을 둥글게 말고 무언가로부터 몸을 지키듯 다리를 꼭 껴안았다.

치마 안쪽이 드러나며 시야에 들어온 허벅지가 하얘서 나는 무심코 시선을 돌렸다. 왜 내가 신경을 써 줘야 하는지 심히 의문이지만 이렇게라도 하지 않으면 곧 속옷이 보일 것 같았으니까.

여러 갈등을 무찌른 내 이성을 누가 좀 칭찬해 줬으면 좋겠다. 크흠 헛기침해 봤지만 코가네이는 고개를 갸웃할 뿐이었다. 그런 것에 무심한 성격인 듯했다.

"그, 그럼 바로 본론으로 들어가자. 딱히 의심하지는 않았지만, 네가 소라우미라는 걸 나는 믿기로 했어. 그래서, 소라우미 씨가 나한테 무슨 볼일이야?"

말하면서도 「표지 사진에 관해서겠지」 하고 짐작했다. 신작 의뢰라든가. 실제로 1년간 나는 그런 안건을 몇 번 거절했다.

하지만 그런 내 예상은 크게 빗나갔다.

"……있지. 나는 친구와 약속했어. 단 하나뿐인, 이제 어디에도 없는. 하지만 확실하게 아직 이곳에 있는 약속. 나는 그걸 이뤄야만 해."

"약속?"

상상도 못 한 단어였다.

그게 대체 나랑 무슨 상관이 있는 걸까.

"응. 그래서, 그게, 어쩌면 믿지 않을 수도 있지만."

코가네이는 공기를 한 번 들이쉬고 충분히 시간을 들인 뒤에 내뱉었다.

"그걸 위해 나는 신과 계약했어."

"……뭐?"

그리고서 코가네이는 마치 나에게 과시하듯 금색 머리카락을 쓸어 올렸다. 쏟아지는 별똥별 같은 가느다란 금색 궤적이 공중에 떠올랐다.

밤의 틈새로 달빛이 새어 나오듯 무언가가 그 사이로 보였다.

시선이 못 박혔다.

어째서?

의문이 내 머릿속을 뒤덮었다.

올해는 토카 선배 차례였을 텐데.

소원은 1년에 한 번만 이루어질 텐데.

그런데 어째서.

이게 아직 이곳에 존재하지?

"성관문?"

신의 총애를 허락받은 왕의 증거.

"이걸 그렇게 부르는구나. 그럼 나는 그건가?"

─별의 행혼.

토카 선배와는 다른 노란색 왕관이 이번에는 코가네이의 목덜미에서 달처럼 반짝이고 있었다.

"그럼 너도 혹시 시련을?"

"아는구나. 다행이야. 어떻게 설명해야 할지, 그게 문제였거든. 그렇다면 긴말할 필요 없지. 나는 소원을 이루기 위해 시련을 받았어. 지금 나는 남들의 얼굴을 알아볼 수 없어."

"무슨 말이야?"

코가네이는 잠시 생각하다가 근처에 있던 새하얀 원고지로 손을 뻗어 타원을 그리고 내게 보여 줬다.

이어서 그 위에 마구 선을 그었다.

몇십 초가 지나 다시 들린 종이에는 타원이 없었다.

그림자 같은, 혹은 괴물 같은 무언가만이 그곳에 있었다.

"다른 사람의 얼굴이 이렇게 마구 칠해진 것처럼 보여. 마치 그림자 나라 같아. 사람처럼 생긴 새까만 무언가가 넘쳐나는 세상에 나 혼자 외톨이야."

"너한테는 나도 그렇게 보여?"

"물론이지."

"어떻게 하면 되는지는 알아?"

"「황금색 풍경」에 도달할 것. 신이 그렇게 말했어."

"그게 뭐야?"

내가 묻자 코가네이는 슬픈 얼굴로 옅게 웃었다.

그 표정을 유지한 채 들고 있던 원고지를 한 번 접고, 두 번 접고, 세 번 접었다.

어느새 원고지는 종이비행기가 되었다.

"역시나 카자마츠리 토와는 「잔잔한 마을에서 노래해」를 안 읽었구나."

"어?"

이윽고 공기에 미끄러뜨리듯 코가네이가 그것을 던졌다.

기분 좋게 두 팔을 벌리고 공간을 가르며 허공을 난 하얀 종이비행기는 마지막으로 내 이마와 충돌하고 툭 떨어졌다. 아파!

아마도 빨개졌을 이마를 손으로 문질렀다.

"아니. 아무것도 아니야. 열쇠는 「친구를 많이 만드는 것」이라고 생각해. 분명 친구가 된 아이의 얼굴부터 순서대로 검은 안개가 걷힐 거야. 이게 꽤 난제야. 돈을 뿌리면 될 줄 알았는데 아무도 안개가 걷히지 않았어. 돈에 달려든 아이도 한 명 있었지만. 결국 돌려받았고."

미야노를 말하는 거다.

"그러니까 뭔가 알고 있다면 가르쳐 줘. 카자마츠리 토와. 당신은 다른 사람과 뭐가 다른 거야?"

"잠깐, 잠깐. 내가 다른 사람들이랑 어떻게 다른데? 아까 내 얼굴도 안 보인다고 했잖아."

영문을 알 수 없어서 되묻자 코가네이가 침대에서 일어나 내게 다가오더니 어깨를 세게 밀었다.

갑자기 가해진 힘에 거역하지 못하고 내 몸이 뒤로 넘어갔다.

그러면서 바닥에 흩어져 있던 수많은 이야기의 조각이 공중으로 살짝 떠올랐다.

"뭐 하는……."

정신 차렸을 때, 배 위로 엉덩이의 말랑한 감촉이 느껴졌다.

올려다보니 역광을 받아 검게 물든 소녀의 얼굴이 있었다.

나를 비추는 두 눈은 밤과 멀리 떨어진 푸른 하늘 같은 색인데, 그 눈에 보이는 것은 이렇게 새까만 이형의 그림자뿐이다.

날개처럼 확 펼쳐졌던 달의 금색이 가만히 바라보는 사이에 내 이마로 떨어졌다.

소원하듯, 기도하듯, 코가네이는 고했다.

—어째서 당신의 안개만 옅어?

떨어진 금실을 떼어 내듯 가느다란 손가락이 살며시 내 이마를 만졌다.

차디찬 손가락이었다.

제2화

혼자만의 세계에서

1

내가 신과 만난 것은 벚꽃도 진 5월 중반.

슈쿠세이시에 이사 오고 약 한 달 반이 지난 어느 날까지 나는 아무것도 하지 않았다.

물론 입학식이라든가 수업이라든가 신작 집필이라든가.

그런 일들은 소화했지만 이 마을에 이사 온 가장 큰 이유인 「친구와의 약속」은 아무런 진전도 없었다.

한 발자국을 뗄 용기가 없었다.

그런고로 살짝 초조함을 느끼고 있었다.

평소처럼 교실 구석에서 책을 읽어 봤지만 글자가 눈을 스쳐 지나가기만 할 뿐, 스토리가 전혀 머리에 들어오지 않았다. 반대로 평소라면 단순한 잡음이었을 교실의 웅성거림만이 또렷하게 머리에 남았다.

멋있는 선배 이야기.

관심 없다.

연예인의 스캔들.

관심 없다.

중간고사 예상 문제.

그건 조금 관심 있다.

라디오 채널을 바꾸는 것처럼 나는 교실에 난무하는 여러 가지 정보를 주섬주섬 주워 담았다.

그때였다.

미라크티어라는 단어가 귀에 날아들었다.

내용 자체는 대단하지 않았다. 꽃놀이 시기를 놓쳐 버렸어. 그럼 대신 미라크티어라도 보는 게 어때. 그런 이야기였다. 신목을 그렇게 이용하면 벌 받을걸. 그것도 그런가. 화제는 금세 예능 프로그램으로 넘어갔다.

하지만 나는 더 이상 그 화제를 좇지 않았다.

다른 생각으로 머리가 꽉 찼기 때문이다.

그러고 보니 미라크티어를 아직 못 봤다.

이 슈쿠세이시에는 세상에서 가장 아름답다는 꽃이 존재했다.

심지어 1년에 딱 한 번 누군가의 소원을 이루어 준다는 소문까지 있었다.

이 세상에 존재하는 수많은 동화가 하나같이 픽션인 것처럼, 분명 그것도 이름 없는 누군가가 만들어서 읊조렸을 뿐인 가짜겠지만.

읊조린 목소리를 다른 누군가가 듣고, 그 이야기에 담긴 마음이 감동을 줘서, 입에서 입으로 전해지길 반복하며 다른 모습으로 퍼져서, 현실 세계의 한구석에 이런 전설 형태로 남았다.

아마 그럴 것이다.

다들 소원이라든가, 기적이라든가, 그런 걸 아주 좋아하니까.

기적 같은 건 일어나지 않는다.

알고 있다. 만약 이 세상에 기적이란 것이 있다면 그것은 원고 위에서 우리 같은 작가가 일으키는 것이다.

그래서 전설을 믿지는 않았다.

그런데도 나는 수업이 끝나고 카미시로 신사에 갔다.

다리가 아플 만큼 긴 계단을 오르니 그것이 보였다.

계절마다 꽃잎 색깔을 바꾼다는 이야기를 들었지만 5월 중반인데도 별빛을 담은 꽃잎은 여전히 신입생 기분에서 벗어나지 못한 것 같았다.

벚꽃과 똑같은 분홍빛으로 뺨을 물들이고서 좌우로 흔들리고 있었다.

옷을 갈아입는 시기는 좀 더 나중인가 보다.

꽃잎 하나가 내 손바닥에 떨어진 순간, 빛의 입자가 되어 사라졌다.

소문대로 아름다웠다.

아름답기에 외톨이인 내가 두드러졌다.

예를 들어 교실에서 이야기하던 그 여자애들이 여기 있었다면 달랐겠지.

내일이면 잊어버릴 알맹이 없는 대화를 하고 남의 시선을 의식하지 않고서 깔깔 웃었을 것이다.

아름다운 꽃을 보고 넋을 잃는 게 아니라 이야기에 집중했을 것이다.

하지만 그건 이렇게 혼자서 꽃을 올려다보는 것보다도 훨씬 더 올바른 행위 같다는 생각이 들었다.

그렇게 멍하니 생각하고 있으니 꽃들 사이로 내리쬔 햇빛이 내 눈에 닿았다. 눈부시고 아파서 고개를 숙였다.

하지만 그곳에는 역시 현실이 굴러다니고 있을 뿐이었다.

나라는 윤곽을 깔끔하게 잘라 낸 새까만 누군가가 그곳에서 기지개를 켜고 있었다. 깜빡깜빡 명암을 바꾸는 빛의 점멸이 내 시선을 이끌었다.

진짜보다 긴 다리가 있고, 얇은 치마의 실루엣이 두둥실 퍼지고, 긴 머리카락이 작은 몸을 덮어 윤곽을 가리고, 마지막으로 정수리에 도달했다.

나와 그림자, 두 사람이 있는 것처럼 보이는데 역시 나는 외톨이였다.

줄곧 외톨이.

어제도, 오늘도.

분명 내일도.

반짝.

빛이 터졌다.

반짝.

눈부셔서 눈을 찌푸렸다.

반짝, 반짝.

눈을 감았다가 떴다.

깜빡.

눈을 한 번 깜박인 찰나.

"어?"

깜짝 놀라서 나도 모르게 소리를 냈다.

조금 전까지 나를 혼자 남겨 뒀던 빛 속에 누군가가 있었다.

그것도 바로 지척에ー.

손을 뻗으면 분명 만질 수 있는 거리에ー.

하얗고 긴 머리카락, 아름다운 흰 피부, 흔들리는 하얀 옷.

전 세계에서 달빛의 백은색을 긁어모아 사람 형태로 빚으면 그녀처럼 될지도 모른다.

그렇기에 그 흰색은 이질적이라 세계에 조금도 녹아들지 않았다.

그래서일 것이다.

눈동자의 검은색과 손에 든 바구니에 딱 하나 있는 오렌지색 결정체가 유난히 눈에 띄었다.

그녀의 몸이 흔들리자 바구니도 흔들리며 딸그락딸그락 소리가 났다.

새까만 눈동자가 똑바로 나를 응시하고 있었다.

이윽고 그 입술이 내 이름을 자아냈다.

"안녕. 코가네이 루이."

"누, 누구야? 어떻게 내 이름을 알아?"

나도 모르게 경계하자 그녀는 「어라?」 하고 그 커다란 눈을 더 크게 떴다.

「예상외」라고 얼굴에 크게 쓰여 있었다.

"나를 몰라?"

"……초면, 이라고 생각, 하는데."

"그래, 그렇게 되는구나. 뭐, 하지만 그것도 그러네."

그리고서ー.

말이 가진 울림과는 반대로 그녀는 그 아름다운 얼굴을 와락 일그러뜨렸다. 슬픈 듯이, 아픈 듯이, 혹은 괴로운 듯이 웃었다.

그런 표정을 짓다니 비겁하다.

조금 생각하다가 그녀의 뜻에서 조금 벗어난 말을 꺼냈다.

나는 고분고분한 여자아이가 아니니까.

"애, 애니메이션 코스프레?"

"아니야!"

"그럼 유령?"

"윽. 그것도 아니라고 하고 싶지만, 아예 틀렸다고도 할 수 없단 말이지."

그녀는 팔짱을 끼고 진심으로 고민하기 시작했다.

으음~ 하는 소리를 내면서.

농담으로 한 말이었는데.

사실 답 같은 건 처음 본 순간부터 알고 있었다.

"그럼. ……소원을 들어준다는 하얀 신?"

그렇게 말하자 그녀는 마침내 후후 웃었다.

고민하다가, 슬퍼하다가, 웃었다가.

이 아이의 감정은 바쁘다.

하지만 조금 부럽다는 생각도 들었다.

봄볕처럼 따스하고 달콤한 미소는 보고만 있어도 가슴이 뜨거워졌다.

만약 내가 남자였다면 순식간에 사랑에 빠져 버렸을 것이다.

"뭐야, 제대로 알고 있잖아. 꽤 짓궂네."

"저, 정말 있을 줄은 몰랐어."

"뭐, 알고 있다면 긴말 안 해도 돼서 좋지. 그럼 바로 소원을 가르쳐 줄래? 만약 내가 부과하는 시련을 극복한다면 네 소원은 그 끝에서 분명 피어날 거야."

"시련? 대가가 아니라?"

듣기로는 대가라고 했는데.

"내가 주는 건 시련이야. 아아, 하지만 걱정하지 마. 절대로 불가능한 시련은 안 주니까. 왜냐하면 신은 극복할 수 있는 시련만 주거든. 물론 노력은 필요하지만 포기하지 않는다면 분명 기적에 도달할 거야."

그녀의 목소리는 신기했다.

그래, 신기하게 믿음이 갔다.

그래서 나는 누구에게도 말하지 않았던 단 하나의 소원^{약속}을 말한 것이리라.

"……알겠어. 네가 시련을 극복하면, 네가 「황금색 풍경」에 도달하면 그 소원을 이루어 줄게."

"그건, 내 소설에 나오는?"

「황금색 풍경」.

그건 내가 쓴 소설 「잔잔한 마을에서 노래해」 안에서 주인공 여자아이가 바란 것이었다. 노래 말고는 재능이 없고 대화도 잘하지 못하고.

하지만 혼자는 싫어서.

그녀는 줄곧 외톨이였기에 많은 이와 이어지고 싶어 했다.

그럼으로써 잔잔한 저녁 거리를 비추는 태양 아래, 웃음소리가 흘러넘치는 그곳에 도달할 수 있으리라고 믿었다.

결국 이야기 속에서 그녀는 그곳에 도달하지 못했지만……

내 물음에 신은 대답하지 않았다.

그저 기쁜 듯 장난스럽게 웃었고—

"힘내."

길게 기른 내 머리카락을 포렴처럼 가볍게 들어서 목덜미에 쪽 키스했다. 가, 가까워. 달콤한 꽃향기 같은 것이 코를 간질였다.

접촉한 곳이 갑자기 뜨겁게 욱신거리기 시작했다.

입술처럼 생긴 아픔이었다.

당황스러움만이 깊어졌다.

"나, 난데없이 뭐 하는 거야!"

나도 모르게 손으로 문질렀지만 아픔은 계속 그곳에 존재했다.

줄곧 존재했다.

"후후.「똑같은 자국」이네."

그렇게 말한 하얀 신은 고개를 갸웃하며 역시나 아주 아름답게 웃었다.

실낱같은 머리카락이 사르르 소리를 내며 그녀의 목덜미를 어루만졌다.

그 가느다란 백은색 비 사이로 미라크티어 형태의 새하얀

멍이 희미하게 보였다.

우리는 똑같은 곳에 똑같은 아픔을 가지고 있었다.

거기에 생각을 빼앗긴 한순간의 빈틈을 타 신은 사라졌다. 눈을 깜빡거렸다. 주위를 둘러봤다.

나 말고는 아무도 없었다.

"꿈?"

중얼거리며 뺨을 꼬집어 봤지만 확실하게 아팠다.

무엇보다 목덜미에 새겨진 뜨겁디뜨거운 무언가는 아직 남아 있었다.

결국 여우에 홀린 것처럼 고개를 갸우뚱한 나는 카미시로 신사와 작별했고 곧 내게 부과된 시련을 알게 되었다.

아까보다 더 길어진 그림자를 쫓아 계단을 내려오자 사람이 있었다.

아니, 저것을 사람이라고 불러도 될까.

그때의 나는 진심으로 알 수 없었다. 왜냐하면.

"힉!"

신을 봤을 때보다 몇십 배는 더 놀랐고 무서웠다.

아무래도 내가 미쳐 버렸나 보다.

어린아이가 도화지에 새까만 크레용을 마구 칠한 것처럼 검은색 안개가 모든 행인의 얼굴을 엉망으로 덮고 있었다.

남자도, 여자도, 노인도, 젊은이도 모두 평등하게.

얼굴 없는 그림자들이 내 세상에 가득했다.

마치 그림자 주민이 사는 그림자 나라 같았다.

그 세상에 나는 홀로 남겨졌다.

2

"그건 색의 열혼이야."

코가네이에게 들은 사정을 간단히 설명하자 하쿠노는 그렇게 말했다.

오늘도 그녀는 무녀복을 입고 있었고 우리의 머리 위에서는 벚꽃과 닮은 미라크티어 꽃이 흔들리고 있었다.

바람이 불자 분홍색 꽃잎이 허공에 날렸다.

나와 하쿠노.

두 명뿐인 관객을 위해 흩날리고, 춤추고, 사라졌다.

그 탓에 조금 허전해진 꽃대 주변을 가만히 보고 있으니 이윽고 대기에 녹아들었을 터인 빛의 입자가 모여 꽃잎 형태를 만들며 재생되기 시작했다.

이것도 미라크티어가 기적의 꽃이라고 불리는 까닭이었다.

세상에 아침이 오고, 밤이 찾아오고, 또 아침을 맞이하듯.

흩날리고, 사라지고, 재생을 반복한다.

한 그루 나무의 형태를 한 완성된 세계였다.

"열혼? 그런 건 들어 본 적 없어."

쇼핑백의 손잡이가 오른손에 파고들어 조금 아팠기에 왼손으로 바꿔 들었다.

하쿠노에게 빌려줬던 누나의 만화를 가지러 오라고 해서 나는 이곳에 왔다.

코가네이에 관해 이야기한 것은 겸사겸사였다.

나는 대체 누구에게 변명하고 있는 걸까.

사실은 무슨 일이 벌어지고 있는지 신경 쓰여서 미칠 것 같
은 주제에……

"토와는 성관문조차 몰랐잖아. 저걸 봐."

하쿠노는 그렇게 말하고서 미소 지었다.

그 모습은 평소의 하쿠노와 아주 조금 달라 보였다. 한순간
이었기에 무엇이 다른지는 말로 잘 표현할 수 없지만……

나는 하쿠노가 가리키는 곳을 순순히 올려다보았다.

"어?"

작은 중얼거림이 세계에 떨어졌다.

나는 당연히 그 가지에 꽃이 만개해 있으리라고 생각했었
다. 그렇게 믿었다. 그래서 일일이 확인하지 않았고, 하쿠노가
지적하기 전까지 눈치채지도 못했다.

토카 선배의 소원은 이루어졌을 텐데 그 가지는 여전히 많
은 꽃망울을 간직하고 있었다.

피어난 꽃은 단 하나뿐이었다.

만개의 계절은 여전히 멀었다.

"가지 하나에 피는 수많은 소원의 꽃망울. 혹은 기적의 조
각. 토와의 말이 사실이라면 저기 피어 있는 꽃은 오미 선배의
기적의 형태겠지. 하지만 꽃봉오리는 아직 남아 있어. 행혼의
「행(幸, 사키)」에는 증식과 분열을 의미하는 「피어남(咲き, 사

키)」과 「찢음(裂き, 사키)」의 뜻이 있어서 그건 이렇게 불려."

마치 세상의 비밀이라도 속삭이듯 하쿠노의 입술이 천천히 움직였다.

그 움직임 하나하나가 미라크티어의 빛처럼 내 눈동자에 새겨졌다.

—색의 열혼.

벼락을 봤을 때처럼 소리가 뒤늦게 전달되는 감각이 들었다.

아마 1초도 되지 않을 흔들림.

하지만 확실히 있었던 소리와 영상의 어긋남은 내 안쪽에 도달했을 때 딱 맞물렸다.

색의 열혼.

"정말 그런 게 있어?"

"……글쎄?"

하쿠노가 고개를 갸웃했다.

"글쎄라니."

"나는 못 봤는걸. 기적의 순간도, 오미 선배와 코가네이의 성관문도. 그저 들은 적 있는 이야기를 토와에게 하고 있을 뿐이야. 다른 사람들처럼. 모르는 사람에게는 미라크티어도 별의 행혼도 전부 그저 전설이야. 하지만 토와에게는 이제 아니잖아? 성관문도, 별의 행혼도 현실이지. 그러니까 색의 열혼도 받아들이면 되지 않을까? 그리고 토와는 나한테 사과해야 하는 일이 하나 있어."

"사과?"

사과받아야 하는 일은 많지만 내가 사과할 일은 하나도 떠오르지 않았다.

"토와는 저번에 신은 소원을 들어주지 않는다고 했어. 하지만 신은 분명하게 소원을 들어줬잖아? 그러니까 사과해."

그건 언젠가 등교할 때 있었던 일이다.

하쿠노는 주먹밥을 들고 있었고 지나가는 사람들은 소원을 빌고 있었다.

나는 뭔가에 짜증이 나서 신은 소원 따위 들어주지 않는다고 했다. 그러자 하쿠노는 화를 냈고 그날 점심시간에 내 점심밥을 전부 먹어 버렸다.

아아, 생각났다.

확실히 나는 틀렸던 것일지도 모른다.

하지만 그래도, 어째서인지.

"싫어."

이 일에 관해서는 머리를 숙일 마음이 들지 않았다.

그러나 하쿠노는 눈을 동그랗게 떴다가 이내 재미있다는 듯 웃었다.

"토와는 이상한 데서만 고집스럽다니까. 좋아. 그럼 언젠가 네가 잘못을 인정했을 때 사과해."

"선심 쓴다는 말투라 짜증나."

"실제로 그렇잖아. 토와는 그저 심통을 부리고 있는 거야.

왜냐하면—."

거기서 말이 끊어졌다.

밤의 장막에 숨은 것은, 아니, 하쿠노가 숨긴 것은 뭐였을까.

감정인가.

이어지는 말인가.

"왜냐하면?"

재촉해 봤지만 하쿠노는 나를 빤히 보다가 고개를 가로저을 뿐이었다.

"아니. 아무것도 아니야. 아아, 배고파졌어. 슬슬 밥 먹을 시간이니까 돌아갈게. 아. 그리고 만화 다음 권, 내일 갖다줄래?"

그 한마디에 나와 하쿠노 사이의 공기가 평소처럼 태평한 분위기로 돌아왔다.

후우, 폐 안쪽에서 숨을 토했다.

"너 말이다, 그런 건 미리 말해 줘. 그랬으면 오늘 가져왔을 텐데. 한 번에 끝낼 수 있는 걸 두 번 수고해야 하잖아."

"미안해, 토와."

헤실헤실 웃으며 손을 맞대는 하쿠노의 모습이 눈동자에 인상 깊게 남았던 입술의 잔재를 덮어씌웠다.

☆

토와가 신사의 돌계단을 내려가는 것을 지켜보고서 하쿠노는 가장 위에 있는 계단에 앉았다. 밤바람이 그녀의 밤색 머리카락을 살랑살랑 흔들었다.

붉은 하의에 가려진 긴 다리를 쭉 뻗고 하쿠노는 카미시로 신사의 끝자락에서 마을을 바라보았다. 그 두 눈은 새까맸다.

무슨 생각을 하는지 전혀 읽을 수 없었다.

이윽고 하늘의 별과 호응하듯 지상에도 빛이 하나둘 켜지기 시작했다.

삶의 불빛이었다.

저녁의 표정은 끝을 고하고 지금부터 세계는 밤에 안긴다.

고맙게도 사람의 세계는 밤에도 그리 캄캄하지 않았다.

마을을 바라보는 하쿠노의 새까만 눈에도 별과 닮은 빛이 하나둘 켜졌다.

그런 그녀 옆에 나도 앉았다.

그리고 하쿠노의 부드러운 뺨을 찌르듯이 가까이서 빤히 옆모습을 바라보았다. 빤히, 빤~히.

그녀가 참지 못할 때까지 계속 보았다.

"왜? 이로하."

마침내 살짝 표정을 풀며 하쿠노가 고개를 갸웃했다.

그 모습이 조금 귀여웠기에 후후 웃으면서 안 들리는 척했다.

성질이 급한 건지 느긋한 건지 알 수 없는 그녀는 의외로 한 번 정도는 봐줬다.

"하고 싶은 말이라도 있어?"

"……색의 열혼에 관해 토와에게 가르쳐 줘도 괜찮은 거야?"

「아아, 그거」 하고 하쿠노는 숨을 토했다.

"오히려 알려 줘야지. 그걸 위해 나는 이렇게 인간 흉내를 내고 있는 거니까. 어째서 성관문이 여럿 있는지 토와가 고민하는 시간이 아깝잖아. 스스로 납득만 한다면 소문의 출처나 진위는 의외로 신경 쓰이지 않는 법이야."

"그런 거야?"

"인간은 그런 생물이야. 신인 내가 하는 말이니까 틀림없어."

"지금은 내가 신인데."

"이제 이로하도 할 말을 다 하는구나."

"에헤헤헤헤."

"칭찬하는 거 아니야."

하쿠노의 말을 역시나 안 들리는 척하며 영차 하고 일어났다. 바구니에 든 오렌지색 조각이 딸그락딸그락 아름다운 소리를 냈다.

언제 봐도 같은 생각이 든다.

여기서 보는 경치는 훌륭하다.

전혀 질리지 않았다.

시야가 높아진 상태로 숨을 들이쉬자 밤공기 속에 내 머리카락이 너울거렸다.

지금 나는 세상 속에 있었다.

병실 밖에서 이렇게 바람을 맞을 수 있었다. 세상의 감촉과 냄새를 느낄 수 있었다. 예전의 내가 애타게 원했던 것이었다.

그리고 이루어질 수 없다며 버린 희망이었다.

설마 이런 형태로 다시 손에 넣을 줄은 생각도 못 했다.

눈과 수평이 되도록 손을 뻗어 봤다.

흘러온 미라크티어 조각 하나가 손에 닿았다.

파스스.

빛으로 녹은 아름다운 꽃이 바람과 함께 사라졌다.

산들산들 살랑살랑 바람이 노래했다.

나와 하쿠노의 머리카락을 흔들었다.

한동안 조용히 그러고 있으니 「하쿠노 언니~」 하고 부르는 소리가 들렸다. 「밥 다 됐어요~ 어디 있어요? 엄마가 불러요」.

쿠로에였다.

그 부름에 신 하쿠노는 인간 카미시로 하쿠노로 변해 버렸다.

정말이지 훌륭했다.

그녀도 나처럼 일어나 대답했다.

"미안, 쿠로에. 금방 갈게. 엄마한테도 그렇게 말해 줄래?"

"네. 알겠어요."

작은 그림자가 휙 방향을 돌려 집으로 달려갔다.

나와 하쿠노는 그 모습을 둘이서 바라보았다.

"완전히 익숙해졌네."

"그런가?"

"응. 조금 전에 진짜 자매 같았어. 동아리에도 들어갔고."

"토와 옆에 있으려면 필요한 일이니까."

"딱히 나쁘다는 게 아니야. 오히려 즐거워 보여서 안심했어. 나 때문에 하쿠노는 인간이 되어 버렸잖아? 조금 책임을 느꼈거든."

"네가 그런 걸 짊어질 필요는 없어. 여러 번 말했지만."

이어질 말은 알고 있었다.

그녀는 분명 이렇게 말할 것이다.

"이게 내 역할이니까?"

그래서 선수 치자 하쿠노는 얼떨떨한 표정을 지었다가 작게 웃었다.

나도 키득키득 웃었다.

밤의 정적이 우리의 웃음소리에 살짝 흔들렸다.

"그럼 갈게."

하쿠노가 말했다.

"응. 또 봐."

"그래, 또 봐."

또 봐.

무심코 한 그 말이 언젠가 친구와 함께 웃었던 날을 상기시켰다.

내가 소원을 이루기 위해 손에서 놓아 버린 나날.

죄악감으로 가슴이 조금 따끔거렸다.

3

사흘에 걸친 중간고사와의 싸움도 어떻게든 끝나고 달력을 한 장 넘기자 6월이 손을 흔들며 기다리고 있었다.

창문으로 보이는 하늘의 낯빛은 회색으로 우중충하여 불만스러워 보였다.

언제부터인가 가방에 상비하게 된 접이식 우산이 오늘도 쓰일 때를 기다리고 있었다.

비의 계절이다.

이 시기는 공기가 피부에 들러붙는 느낌이 들어서 몸이 무겁다. 그래도 교복이 하복으로 바뀌자 다소나마 편해졌다.

가슴을 간질이는 바람은 서늘했지만 가볍게 기도를 지나 폐에 도달하는 느낌은 싫지 않았다.

옷깃을 매만지듯 손을 들자 손끝이 쇄골에 닿았다.

덧그려 보니 단단했다.

내 안, 아니, 사람 안에는 그렇게 단단한 하나의 중심 같은 것이 있다고 느껴져서 뭔가 재미있었다.

아주 소중하며 누구에게도 양보할 수 없는 것.

그렇게 복도를 걷다가 코가네이와 만났다.

"카자마츠리 토와?"

언제나 풀네임으로 부르는 후배에게도 완전히 익숙해지고 말았다.

코가네이는 사람의 얼굴을 판별하지 못해서 첫말은 언제나 희미한 불안으로 가득했다.

"용케 알았네."

그렇게 대답하자 마침내 안도하여 어깨에서 힘을 뺐다.

나와 코가네이는 같은 속도로 접근해서 비어 있던 틈을 채웠다.

"다, 당신은 특별하니까."

"그 울림, 뭔가 좋다."

"딱히 그런 뜻으로 말한 거 아니야."

차갑게 노려보는 시선을 받고 말았다.

"농담이니까 진지하게 받아들이지 마. 아무튼 내 안개는 어때?"

"특별히 변화 없어."

"그런가. 뭐가 문제일까."

"모르겠어."

그날, 코가네이의 집에 갔던 날, 나는 그렇다면 우선은 나랑 친구가 되어 보겠느냐고 물어봤다. 응, 하고 코가네이도 고개를 끄덕여 받아들였다.

그렇지만 아무 일도 일어나지 않았다.

여전히 코가네이의 눈에는 나를 포함해 그림자 나라의 주민만이 보이는 것 같았다.

"친구 모으는 건 잘 되고 있어?"

"······특별히 진전은 없어."

"그런가."

코가네이가 반에서 어쩌고 있는지는 미야노와 타카미네에게 몇 번 물어봤었다. 코가네이가 일으킨 많은 기행을 들었을 뿐이지만······.

두 사람은 얼굴을 마주 보고 난처해했다.

웃어넘길 수 없기에 농담조차 할 수 없는 느낌이었다.

그건 아주 괴로운 일이었다.

「허공에 흩날리는 만 엔 지폐 사건」을 비롯하여 「교정 낙서의 난」, 「학교의 중심에서 고독을 외치는 여자」.

「방과 후를 달리는 금빛 바람」.

「금빛 바람」에 이르러서는 나나고에 전해 내려오는 여덟 번째 괴담에 등록되기 직전이었다.

미스터리 연구부의 폭주를 알아차린 타카미네가 미야노와 둘이서 진정시키느라 뛰어다닌 것은 또 다른 이야기다.

이전까지는 「잘 모르겠지만 어쨌든 예쁜 장식품」처럼 인식됐던 코가네이가 지금은 학급뿐만 아니라 학년 전체에 무슨 짓을 저지를지 알 수 없는 정체 모를 녀석으로 알려져 있었다.

아무도 코가네이에게 말을 걸지 않는다는 점은 똑같지만 침묵의 무게가 달랐다.

마음과는 달리 시간과 함께 골만 깊어졌다.

아아, 왜 이렇게 된 걸까.

왜 이렇게 서툴까.

멍하니 그렇게 생각하고 있으니 코가네이가 내 얼굴을 만지작거렸다. 피부를 잡아당기고, 눈꺼풀을 누르고, 코끝과 입술을 문지르고…….

"저기, 코가네이?"

"읏, 왜?"

작은 몸이 움찔거렸다.

장난치다가 걸린 어린아이 같은 눈이었다.

죄책감 같은 것이 배어나 있었다.

"그런 짓을 해 봤자 의미는 없을 거야."

"아, 알고 있지만, 만에 하나라는 게 있잖아."

"아니, 만에 하나도 억에 하나도 없을걸."

"그, 그래."

만약 그렇게 해서 안개가 걷힌다면 이 녀석은 어쩌려는 걸까. 닥치는 대로 학생들을 덮치는 걸까.

역시 코가네이는 뭔가가 어긋나 있다.

나는 조금 생각하고서 말했다.

"사진부 모임이 있어서 가는 길인데, 너도 같이 갈래?"

"나는 특별히 사진에 관심 없어. 아, 혹시 카자마츠리 토와가 사진을 인화해?"

코가네이가 내 얼굴에서 손을 떼고 고개를 갸웃했다.

"아니."

"그럼 딱히."

"미야노랑, 아마 타카미네도 있을 거야. 이야기할 계기 정도는 될 것 같은데."

"그게 누구야?"

"누구냐니, 너랑 같은 반이잖아. 이름조차 모르는 거야?"

"몰라."

"많은 사람과 친구가 되려는 거 아니었어?"

"그런데?"

파란색 눈에는 아무런 감정도 담겨 있지 않았다.

이 녀석은 정말 진심으로 이렇게 생각하고 있었다.

―왜 이름이 필요해?

그러고 보니 나와 처음 만났을 때도 이름을 밝히려고 하지 않았었지.

아아, 그래서인가.

말로는 친구를 가지고 싶다고 하면서 이해할 수 없는 행동을 반복하는 코가네이를 조금 알 것 같았다.

누구 없냐고 이 녀석은 외치고 있었다.

누구든 좋으니 아무나.

정말로 불러야 할 이름을 모르기에 코가네이의 폭투를^{마음} 누구도 주워 주지 않았다.

가르쳐 주는 것은 간단하지만 이건 답을 찾는 과정에 의미가 있었다.

"코가네이, 우리는 흔히 잊어버리지만. 어떤 일이든 지름길은 없어. 꾸준한 노력만이 있을 뿐이야."

"무슨 말이야?"

"역시 모르나. 그럼 같이 가자. 분명 친구를 만들기 위한 힌트를 찾을 수 있을 테니까."

머리를 마구 흐트러뜨리자 뭐 하는 거냐며 불평이 나왔다. 뭐 하는 거야. 하, 하지 마. 카자마츠리 토와.

이 정도는 참견해도 괜찮겠지.

누나라면 이렇게 할 테니까.

여자에게는 상냥하게 굴라고 했고…….

그런 이유라고 할까, 대의명분을 내세우고서 나는 코가네이를 데리고 동아리관에 갔다.

"그럼 동아리 모임을 시작할까."

하이로 부장이 모두의 얼굴을 둘러보고서 그렇게 말했다.

평소와 같은 사진부 동아리방.

몇 번 찾아오면서 이 공간에 조금 익숙해지긴 했지만, 동아리 모임은 처음이라 설레기도 하고 긴장도 됐다.

뭔가를 처음 할 때는 언제나 불안과 즐거움이 마음을 반씩차지한다.

내 양옆에 토카 선배와 코가네이가 앉았고, 토카 선배 옆에는 하쿠노가 있었다.

반대쪽은 지난번과 같았다.

역시나 부원이 아닐 터인 타카미네의 모습도 있었다.

나와 눈이 마주치자 살랑살랑 손을 흔들었다.

무심코 반응하여 똑같이 손을 흔들고 말았다.

타카미네는 무엇이 재미있는지 아하하하 웃었다.

"오늘의 의제는 하나야. 사진부의 연례행사로 6월 말에 다같이 롤 인화를 해. 밤샘 작업이라 강제하진 않지만, 되도록 모두 참가했으면 좋겠어."

""롤 인화?""

생소한 단어를 듣고 토카 선배와 하쿠노가 동시에 말했다.

하지만 그건 처음만 그랬고—.

"질문! 그건 무슨 롤 과자인가요?"

그렇게 하쿠노가 반짝반짝 눈을 빛내며 말을 이은 탓에 아름다운 유니즌은 소리를 내며 붕괴되었다.

하이로 부장이 키득키득 웃었고 모모우는 과자가 아니라며 고개를 가로저었다.

롤 인화는 롤 인화지를 사용한 암실 작업을 말했다.

평소에 쓰는 정해진 크기로 잘린 인화지와 달리, 롤 인화지는 긴 인화지 한 장이 두루마리처럼 상자에 들어 있었다. 그것을 필요한 만큼 재단하여 쓰는데, 크게 자르면 당연히 큰 사진을 인화할 수 있었다.

말로 설명하는 것은 간단하지만 실제로는 그렇게 단순하지 않았다.

"나도 롤 인화는 해 본 적 없는데 꽤 힘들지 않아? 공간 문제도 있고. 시간도."

인화지가 너무 커서 대응하는 이젤도 없을 테고 초점을 맞추기도 어려울 터다.

노광 시간 — 요컨대 인화지에 빛을 쏘는 시간 — 도 길어지고, 시험 인화에 걸리는 시간이 그에 비례하여 늘어나니, 필연적으로 평소보다 암실 작업에 몇 배는 더 시간이 걸린다.

현상액을 비롯한 약품을 담글 장소도 확보해야 했다.

적어도 사진부의 암실에는 그럴 만한 여유가 없었다.

"그래서 동아리방도 써. 짐을 밖으로 꺼내서 공간을 확보하고, 창가에는 박스를 붙인 뒤 그 위에 암막을 덮을 거야. 문화제 귀신의 집 같은 느낌으로 동아리방을 캄캄하게 만드는 거지. 밤에 작업하니 그 정도로 충분해. 암실에서 노광을 주고, 인화지를 약품에 담그는 현상 작업은 동아리방에서 할 거야."

모모우가 물었다.

"작년에는 몇 시간 걸렸죠?"

"암실 작업에만 여덟 시간 정도였나? 정리를 끝냈을 때는 해가 뜨고 있었지."

"저는 그날 처음으로 밤을 새웠어요. 진짜 졸렸는데."

"눈꺼풀이 천근만근이었어."

"맞아요. 뻑뻑하고, 졸리고. 눈 뜨기도 힘들고. 하지만 충실감이 들었고 아주 즐거웠어요."

모모우는 아득한 눈으로 그렇게 말했다.

빛의 가감 때문인지 모모우의 눈이 반짝거린 것 같았다. 아니면 그것은 1년 전에 그녀가 확실히 보았던 빛이었을지도 모른다.

아주 강하고 아름다운 빛이었다.

저기, 하고 미야노가 손을 들었다.

"그러면 학교에 묵는 건가요?"

"맞아요. 롤 인화는 단체 인화라고도 하는데요, 부원 전원이 암실에 들어가서 각 작업을 분담하며 인화해요. 암실 작업을 지도하고 부원의 교우 관계를 다지기 좋은 이벤트라 몇 년 전부터 가입 환영 행사가 되었다고 들었어요."

"그래서. 여기서부터가 본론이야. 매년 그 롤 인화에 쓰는 사진은 신입 부원이 찍은 필름 중에서 고르거든. 올해는 신입 부원이……."

하이로 부장이 타카미네를 힐끔 보았다.

그 의도를 확실히 파악한 타카미네는 생긋 웃으며 고개를 가로저었다. 자기는 아오를 따라왔을 뿐이라는 뜻이겠지.

이어서 하이로 부장이 본 사람은 견학 희망자라며 내가 데려온 코가네이였다. 하지만 타카미네와 대조적으로 코가네이는 아무런 반응도 하지 않았다. 당연했다.

코가네이는 다른 사람의 표정을 모른다.

그래서 자신에게 향한 시선의 뜻을 이해하지 못했다.

"이 녀석은 보류."

그래서 대신 대답하며 코가네이의 어깨를 툭 쳤다.

"알겠어. 그럼 현재 1학년 미야노, 2학년 카자마츠리와 카미시로. 3학년 오미까지 합계 네 명이 신입 부원으로 들어왔는데, 자기 사진을 인화하고 싶은 사람?"

고요한 침묵이 내려앉았다.

하이로 부장은 그렇게 말했지만 선택지는 그리 많지 않았다.

토카 선배는 언니 병문안을 다니면서 짬을 내 사진을 찍고 있기에 이제야 두 번째 필름을 다 쓴 참이었다.

필름 현상, 그리고 인화까지 하기에는 시간이 조금 부족할 것이다.

　기계치인 하쿠노에 이르러서는 동아리의 보급형 디지털카메라를 빌려서 내킬 때 친구 사진을 몇 장 찍는 정도이니 논외다.

　즉, 나 아니면 미야노인데.

　미야노 쪽을 힐끔 보자 어째선지 힘 있는 눈으로 고개를 끄덕였다.

　자기한테 맡기라는 걸까. 내버려 두면 윙크라도 할 것 같았다. 이 녀석은 그런 캐릭터가 아니지만⋯⋯.

　롤 인화지로 인화해 보고 싶었기에 조금 아쉬웠으나 이 정도 의욕과 각오가 있다면 양보하자 싶어서 나도 고개를 끄덕였다.

　알겠어. 좋아, 미야노. 네 사진을 인화하자.

　하지만 미야노는 의기양양하게 이렇게 말했다.

　"네. 저는 카자마츠리 선배의 사진을 추천합니다."

　정말로 즐거워하는 것 같은 들뜬 목소리였다.

　다른 선택은 절대 없다는 것처럼⋯⋯.

　"어?"

　"그 반응은 뭔가요. 방금 고개를 끄덕였잖아요."

　"아니, 당연히 네 사진을 인화하는 거라고 생각해서."

　"어째서 그렇게 되는 거죠?"

　미야노는 내 말을 막으며 나를, 나만을 똑바로 응시했고—.

　외쳤다.

　"저는 사랑하는걸요."

시간이 멈췄다.

확실히 분명하게, 미야노 — 와 태평한 하쿠노 — 를 제외하고서 완전히 멈췄다. 하이로 부장과 모모우와 코가네이는 눈이 휘둥그레졌고 타카미네는 히죽히죽 웃고 있었다.

"잠깐 기다려 봐, 미야노."

"안 기다려요. 좋아해요. 사랑해요."

"잠깐, 잠깐, 잠깐. 진정해. 너, 네가 무슨 말을 하는지 이해하고 있어?"

"이해요? 그러니까 제가—."

"네가 「무엇을」 좋아하는지 제대로 말해."

"예?"

"안 그러면 다들 오해하잖아!"

눈을 동그랗게 뜬 미야노가 자신의 실수를 깨닫기까지 앞으로 5초.

4, 3, 2, 1. 제로.

"어, 아, 아아아아아아아아아아아아아아아아아아아아아."

동아리방에 미야노의 절규가 울려 퍼졌다. 새빨개진 얼굴을 붕붕 흔들었다. 내 얼굴도 아마 비슷하게 빨개졌을 터다. 하여간, 진짜 바보 아니야? 이 후배.

"아, 아아아, 아니에요. 루리. 그런 표정 짓지 마. 내가 좋아하는 건 카자마츠리 선배의 「사진」이니까."

"아하하하. 알아, 알아."

"전혀 안다는 얼굴이 아니야. 그런 표정 짓지 마. 아아아,

정말. 아니에요. 저는 카자마츠리 선배의 사진을 사랑한다는 말을 하고 싶었던 건데."

미야노, 그만. 그만해.

아무리 사진이라는 걸 알고 있어도 그렇게 좋아한다고 연호하면 엄청나게 낯간지러워.

하지만 당황한 미야노의 브레이크는 완전히 망가져 버린 것 같았고 타카미네가 잘 유도하기도 해서, 그 후 5분 정도는 나와 미야노에게 있어 생지옥이 이어졌다.

그 생지옥 속에서 나는 어째선지 부처님과 만났다. 빙그레 웃고 있었다. 자세히 보니 토카 선배였다. 더 자세히 보니 눈은 웃고 있지 않았다. 희미하게 뿔 같은 것까지 나 있는 것 같았다.

내가 부처님이라고 생각한 것은 도깨비였나 보다.

말없이 계속 웃고 있는 것이 굉장히 무서웠다.

결국 내 사진을 인화하게 되었다.

"아하하하. 이렇게나 좋아하는데 사진을 인화하지 않으면 남자가 아니죠."

그렇게 타카미네가 깔끔하게 마무리했기 때문이다.

미야노의 자폭 공격에 휘말리고, 토카 선배의 시선을 견디지 못하게 되어 넋이 나간 채 죽은 사람처럼 머리를 숙이고 있던 나는 고개를 끄덕일 수밖에 없었다.

동아리 모임이 있고 얼마 후.

나는 바로 신작 촬영에 착수하기로 했다.

할아버지 댁에 가면 물론 많은 네거티브 필름이 있고 그중에서도 비장의 사진이라고 할까, 크게 확대하면 압권일 사진도 몇 개 떠올랐다.

하지만 그걸 그대로 쓰는 건 뭔가 아니라는 생각이 들었다.

사진부가 다 같이 인화하는 사진이니 카자마츠리 이로하의 동생인 카자마츠리 토와가 아니라, 사진부 카자마츠리 토와로서 찍은 사진을 인화해야 하지 않을까.

무엇보다 지금의 나라면 더 좋은 사진을 찍을 수 있을 것 같았다.

그런고로―.

요 며칠, 수업이 끝나면 혼자서 카메라를 들고 마을을 걸어다니고 있었다.

―찰칵.

익숙한 기계음이 나면서 손바닥이 저렸다.

단단하고 차갑고 새까만 기계의 무게가 기분 좋았다. 눈앞에 펼쳐진 커다란 세계가 전부 이 손안에 담겨 있다는 느낌이 들기 때문이다.

나는 몸을 움직이는 것을 싫어하지 않고 게임이나 만화나 영화도 좋아한다.

하지만 이보다 더 큰 감동은 모른다.

무심코 입술이 웃는 형태를 만들었다.

뭐, 남들이 보기에는 꺼림칙하겠지.

자각은 하고 있다. 일단은…….

실실 웃으며 사진을 찍는 남자라니 기분 나쁘겠지.

하지만 눈이 마주쳤다고 빠른 걸음으로 가 버릴 필요는 없잖아. 회사원으로 보이는 누나가 매우 긴장한 얼굴로 앞을 지나갔다.

헤실헤실 살갑게 웃어 봤지만 효과가 없었다.

오히려 역효과였다.

걷는 속도가 빨라져 버렸다.

지난번에 미야노와 「촬영할 때 공감 에피소드」를 얘기하면서 이 이야기를 꺼냈더니 미야노는 이상하다는 얼굴로 「네? 그런 적 없는데요」라고 했던 게 생각났다.

그 녀석은 미소녀라서 용납될 뿐이다.

똑같이 으히히히 웃더라도 미야노가 웃으면 후후후 하는 부드러운 느낌이 된다. 순정만화라면 배경에 꽃이라도 하나 필 것이다.

아아, 세상 살기 힘들다.

야박한 세상이야.

카메라남에게도 좀 더 인권이 필요하다. 어디 인권 파는 곳

없으려나. 편의점이라든가. 6개 480엔 정도로. 매주 살 텐데.

바보 같은 망상을 하면서 다시 셔터를 눌렀다.

머릿속으로 아무리 멍청한 생각을 하더라도 언제나 센서는 돌아가서 셔터 찬스를 놓치지 않았다.

이미 몸에 지겹도록 배어 있었다.

그래도 목에 걸린 카메라의 무게라든가, 걸을 때마다 흔들리며 몸에 파고드는 딱딱한 감촉과 아픔은 오랜만이라 매우 즐거웠다.

카메라가 뼈를 쳐서 나도 모르게 윽 신음했다.

아니, 미안. 거짓말했어.

아픈 건 그저 아플 뿐이다.

조금도 즐겁지 않다.

멍든 건 아니겠지? 괜찮겠지?

그렇게 살짝 울상을 지으며 오늘은 어디로 갈까 정처 없이 걷다가 근처 편의점 앞에서 수상쩍은 녀석을 발견했다. 코가네이였다.

당연하다는 듯이 한 장 찍어 뒀다. 찰칵.

금색으로 젖은 코가네이는 흑백 필름이어도 빛날 것이다.

하지만 셔터 소리를 듣지 못한 코가네이는 여전히 편의점 입구에서 어슬렁거리며 유리문 밖에서 10초마다 안쪽을 힐끔거렸다.

다들 이상하게 여겨서 발을 멈추고 코가네이를 보았다.

몇 명은 편의점에 들어가기를 포기할 정도였다.

이건 이미 훌륭한 영업 방해 아닌가?

"어~이, 코가네이."

뒤에서 평범하게 불렀을 뿐인데 코가네이는 그 작은 몸을 크게 움찔거렸다.

"흐아, 까, 깜짝 놀랐네. 그 목소리는 카자마츠리 토와?"

"너 뭐 해?"

"따, 딱히. 그보다 숨어."

작은 등 너머를 똑같이 들여다보려고 했지만 저지되었다.

갑자기 팔을 잡아당긴 코가네이는 나를 건물 끝자락으로 끌고 갔다. 편의점의 그림자가 우리를 덮었다. 대체 뭐야.

"들키겠어."

코가네이가 입술을 삐죽이면서 빤히 나를 노려보았다.

"누구한테 들킨다는 건지 모르겠지만. 아마 이미 들켰을걸. 너 엄청나게 눈에 띄어."

"거짓말."

세상의 끝이라도 직면한 것처럼 말한 코가네이의 하얀 피부가 파래졌다.

"그런 거짓말을 왜 하겠어. 누구한테 들키면 안 되는데?"

"안 되는 건 아닌데."

어물거린 코가네이는 손목을 휙 놓더니 이번에는 내 셔츠 자락을 세게 잡아당겼다. 그대로 얼굴을 들자 키 차이 때문에 은근히 쳐다보는 모양새가 되었다.

있지.

코가네이가 말했다.

"가, 가르쳐 줬으면 하는데. 지금 계산대에 있는 아이, 나랑 같은 반인, 테라노?"

"뭐? 그게 누구야."

테라노라는 녀석을 나는 모른다.

의문스럽게 여기며 슬쩍 안을 엿봤다가 계산대에 서 있는 여자아이와 눈이 딱 마주쳤다.

상냥한 태도에서 일변하여 아주 싫다는 듯 얼굴을 찌푸렸다. 테라노는 모르지만 저 녀석은 잘 알았다.

그럭저럭 미인인 탓에 노려보면 꽤 대미지가 크다.

저 태도는 편의점 점원으로서 실격이다. 좋아, 다음에 놀릴 겸 불평해 줘야지. 응. 그렇게 정했다.

"테라가 아니라 미야. 미야노 아오이."

"역시나. 아까 가게에 들어갔을 때, 혹시 그렇지 않을까 싶었어. 모, 목소리가 비슷해서."

"미야노를 알아본 거야?"

"그야, 요전번에 당신이 데려갔던 사진부 모임에서 저 애는 나랑 똑같이 생각했고. 말했어. 깜짝 놀랐어. 그래서 기억해."

"무슨 말 했던가?"

되돌아봤지만 미야노가 코가네이에게 특별한 말을 한 기억은 없었다.

내가 고개를 갸웃하자 코가네이는 조금 부끄러워하며 중얼거렸다.

"당신의 사진을 사랑한다고 했어."

"뭐?"

"나도, 당신의 사진을 사랑해."

"그건 뭐랄까…….'"

고맙다고 솔직하게 말할 수 없어서.

어디로 가져가면 좋을지 알 수 없는 감정을 숨에 담아 후우하고 대기에 흘려보냈다.

"그, 그럼, 모처럼 만난 거 미야노한테 인사라도 해. 저 녀석, 평소에는 퉁명스럽지만. 점원으로 일할 때는 조금 대하기 편해."

뭔가를 얼버무리듯 코가네이의 손목으로 손을 뻗었다.

코가네이의 손이 셔츠 자락에서 떨어졌다.

그대로 가게 안에 데려가려고 했지만—.

"뭐, 뭐뭐, 뭐 하는 거야! 뭐 하려는 거야!"

코가네이가 당황한 목소리로 빠르게 말했다.

"뭐 하려는지 모르겠어?"

"알아. 알지만 아직 안 돼. 그런 단계가 아니야."

"그런 단계가 아니라니. 그럼 지금 어떤 단계인데?"

마치 사랑 고백이라도 하러 가는 것처럼 허둥거렸다.

눈 속에서 흔들리는 감정은 달콤하고 앳되었다.

약간의 호기심과 공포가 섞여 있었다.

"마음의 준비라든가, 이것저것 필요해."

"어라, 그런 걸 신경 쓰는 성격이었어?"

나한테는 특별히 신경 쓰지 않고 말을 걸어왔던 것 같은데.

아아, 하지만 나 때는 계기가 있었지.

「잔잔한 마을에서 노래해」.

이 소녀가 쓰고, 내가 찍은 사진이 표지로 사용된 책이......

"카자마츠리 토와는 섬세함이 부족해."

"그런 말 자주 들어."

"뻐, 뻔뻔해. 아, 아무튼 오늘은 무리. 가, 가자."

코가네이가 강제로 몸의 방향을 틀었다.

내가 따라오는 것이 당연하다는 분위기인데 손목을 잡고 있는 사람은 나라서 굳이 따라갈 필요는 없었다.

손을 놓아 버리면 된다.

하지만 손을 놓지 못한 것은 내가 따라올 것을 조금도 의심하지 않고 몸에 힘을 준 코가네이의 안전을 걱정했기 때문이다.

딱히 대단한 이유는 아니었다.

여기서 내가 손을 놓으면 중심이 앞으로 쏠린 코가네이가 확실하게 넘어져 버린다는 그런 단순한 이야기였다.

나는 코가네이의 속도에 맞춰 똑같은 방향으로 한 걸음을 내딛기로 했다.

그 후 카자마츠리 토와야말로 뭐 하고 있었냐고 물어서―.

"롤 인화용 사진을 찍고 있었어."

솔직히 대답하자 코가네이는 보고 싶다며 눈을 반짝였다.

"딱히 재미있진 않을 텐데."

"그렇지 않아."

특별히 거절할 이유도 없었기에 저녁노을이 지는 잔잔한 마을을 코가네이와 둘이서 걸었다.

하천 부지를 걷고, 시청 앞을 지나, 초등학생 때 소풍으로 갔던 공원을 한 바퀴 돌았을 때, 어떤 생각이 났다.

코가네이의 얼굴을 힐끔 훔쳐보았다.

……나쁘지 않을 것 같다. 코가네이는 깜짝 놀랄까. 기뻐할까. 분명 둘 다겠지. 그래, 놀라고 기뻐할 거다.

코가네이 몰래 진로를 변경했다.

도중에 골목으로 들어갔다.

그래도 내가 목적을 가지고서 걷기 시작했음을 알아차렸는지 코가네이가 물었다.

"어디 가?"

"좋은 곳."

그렇게만 가르쳐 줬다.

흐응, 코가네이가 중얼거렸다.

이윽고 비바람 때문에 완전히 지저분해진 지방 은행의 벽을 왼쪽으로 꺾으니 보였다. 숨어 있던 태양이 무대로 얼굴을 내밀며 세계가 금색으로 물들었다.

빛 속에 낯익은 윤곽이 있었다.

"어?"

놀람을 담듯 한순간 발을 멈추고서.

"혹시."

코가네이는 기쁜 목소리로 말하며 달려갔다.

처음으로 이 녀석의 민낯을 엿본 기분이었다.

탁, 탁. 발소리는 막 내리기 시작한 빗소리와 닮아서 뜨문뜨문 들렸으나 어딘가 상냥했다.

가슴께에서 흔들리는 하늘색 리본.

금빛을 반사하는 긴 머리카락.

얇은 치마.

그런 것들을 하나하나 흔들며 흔한 시골 마을의 역시나 흔한 육교를 매우 즐겁게 가리켰다.

"저거."

코가네이가 돌아보았을 뿐인데 머리카락이 나부끼며 공기에 담긴 금빛이 그 위에서 반짝반짝 부서졌다.

그 눈동자는 기대로 반짝였고 나는 그것을 긍정하듯 고개를 끄덕였다.

"맞아. 바로 그 육교야."

그곳은 내 사진 중에서 가장 유명한 한 장을 찍은 장소였다.

이런 것도 성지 순례라고 하는 걸까.

"하지만 뭔가 인상이 달라. 어째서?"

"간단한 얘기야. 내가 사진을 찍은 건 반대쪽이니까."

"그렇구나."

"가 볼래?"

"응."

순순히 고개를 끄덕인 후배를 따라잡아 거느리고서 육교로 향했다.

그리 길지도 않은 계단을 오르니 어제보다 한 걸음 더 여름에 가까워졌을 텐데 조금 쌀쌀한 6월의 바람이 얼굴로 불었다.

"와푸."

그런 기묘한 소리를 낸 코가네이가 눈을 감았다.

그리고서 춥다는 듯 가느다란 팔을 문질렀다.

뭔가 걸칠 게 있다면 좋겠지만 공교롭게도 나 또한 하복이었다.

"하늘이, 조금 가까워."

"아아, 그러게."

둘이서 나란히 동경하는 시선을 하늘로 보냈다.

기울어진 빛이 오렌지색을 듬뿍 묻힌 붓으로 정성껏 하늘을 칠하고 있었다. 하지만 시간이 늦어지면서 오렌지색 물감이 다 떨어진 듯했다.

유치원생처럼 천진난만하게 세계는 빨리도 기분을 바꾸고 끝자락부터 짙은 파란색으로 덧그리기 시작했다.

분명 우리의 말도 여러 가지 색으로 물들어 있을 것이다.

"아, 그래. 코가네이. 그대로 거기 있어."

"어?"

"알겠지? 그 위치야."

눈을 동그랗게 뜨고 어리둥절해하는 코가네이를 그대로 남겨 두고서 나는 혼자 먼저 육교를 건넜다.

머릿속에는 언젠가 보았던 구도가 확실하게 새겨져 있었고 손안에는 그날과 똑같은 NIKON F3가 있었다.

좋아, 이쯤이면 될까.

돌아보자 상상한 대로 역광이 된 검은 실루엣이 보였다.

부드러워 보이는 머리카락이 나부껴 날개처럼 펼쳐져 있었다.

광량은 그날보다 조금 많을지도 모르겠다.

뭐, 하지만 전부 똑같을 필요는 없겠지.

시간이 지났고 그 무렵의 나는 이제 없다.

그 풍경을 보여 주고 싶었던 사람도 이제 없다.

하지만 나는 지금 이렇게 사진을 찍고 있다.

누나가 아니라 다른 누군가를 위한 사진을⋯⋯.

그거면 됐다.

가만히 호흡을 멈추고 셔터를 눌렀다.

―찰칵.

그녀의 기쁨이 파인더를 통해 내게도 전해졌다.

아마도 나는 원래 이런 걸 찍기 좋아하는 거겠지.

사람의 감정 같은 것들.

그것은 딱히 웃는 얼굴이라든가, 울음소리라든가, 그런 알기 쉬운 것들뿐만이 아니라. 코가네이의 걸음걸이라든가, 저녁노을의 붉은색이라든가, 마을의 불빛이라든가, 서둘러 집에 돌아가는 사람들이라든가.

올려다본 하늘의 별들에 살며시 깃들어 있는 것이다.

와인딩 레버를 움직여서 필름을 다음 칸으로 돌렸다.

그제야 내 의도를 눈치챈 코가네이는 조금 쑥스러워하며 포즈를 취하려고 했지만 창피해져서 그만뒀고, 그래도 내가 계속 렌즈를 들고 있자 묘한 책임감을 느꼈는지 부끄러움과 싸웠다.

머리를 싸매고 끙끙거리며 자신과의 싸움을 이어갔다.

파인더 속의 까만 누군가가 파닥파닥 날뛰는 모습을 보고 있자니 재미있었다.

무심코 셔터를 계속 누르고 말았다.

5분쯤 지났을까.

코가네이의 모습을 잔뜩 사진에 담으며 즐겼을 무렵, 마침내 그녀가 이쪽으로 왔다.

얼굴에 조금 피로한 기색이 보였다.

이왕 카메라를 들었으니 이 모습도 찍어 둘까.

찰칵.

"……좋은 사진은 찍혔어?"

"아마도."

"그래. 그렇다면 다행이고."

코가네이의 윤곽이 점차 커지며 파인더 속 모습이 뿌예졌다.

너무 가까워서 초점이 나간 것이다.

이건 어디쯤일까.

얼굴일까, 목일까, 가슴일까.

……뭐, 상관없나.

사고를 정지시키고 셔터를 누르자 36매 필름이 딱 끝나며 와인딩 레버가 도중에 달칵 멈췄다.

주머니에 넣어 둔 필름으로 손을 뻗으려다가 그냥 위에서 툭툭 두드리기만 했다. 오늘 영업은 여기서 끝.

그리고 얼굴을 드니 코가네이가 이쪽을 보고 있었다.

아까와 달리 매우 진지한 표정을 짓고 있었다.

"왜 그래?"

"그게."

뭔가를 이야기하려는 것은 명백했다.

하지만 생각이 말이 되려면 어느 정도 시간이 필요했다.

물론 기다리기로 했다.

잠시 후 「그, 그게 말이지」 하고 코가네이는 한 번 더 반복했다.

작은 몸에서 용기를 쥐어짰다.

"실은 카자마츠리 토와에게 사과해야 할 일이 있어. 당신의 사진을 표지로 고른 사람은 나야."

"무슨 말이야?"

코가네이는 천천히 설명해 줬다. 기간 한정으로 소설의 전문을 인터넷에 공개하고 그에 맞는 표지를 공모했다는 것. 많은 사람이 응모했다는 것.

그중에 내 사진이 있었다는 것.

"하지만 출판사는 공모라고 했으면서 처음부터 프로 일러스트레이터의 작업물을 쓸 예정이었어. 완전한 승부 조작이야. 처음에는 거기에 토를 달 생각이 없었어. 하지만 나는 당신의 사진과 만나고 말았어. 그러고 나니까 더는 무리였어. 떼를 써서 당신의 사진을 표지로 채용했어. 그걸 위해 거래도 했어."

출판사는 내 나이와 외모를 내보이고 싶었던 모양이야. 화제가 되니까. 그렇게 말하며 코가네이는 쓸쓸하게 웃었다.

"구경거리가 되는 건 싫다고 거절했었어. 하지만 당신의 사진을 표지로 쓰는 조건으로 미디어에 조금 노출하기로 했어. 인터넷에 작품을 검색하고 살펴보면 사진도 나올 거야. 그래서 나는 사과해야 해. 미안해. 당신이 지금 텐구 군이라고 불리는 건 분명 내 탓이야."

그러고서 코가네이는 머리를 숙였다.

나는 그 작은 머리를 가만히 보았다.

"싫은 일을 많이 겪었을 거야."

"그렇지는—."

코가네이가 천천히 얼굴을 들었다.

야단맞을 것을 각오한 것 같지만 그래도 슬퍼 보이는 표정을 짓고 있었다.

"나도 알고 있어. 이 마을에 이사 온 이유를 이번에는 제대로 대답할게. 있지, 나는 왕따를 당했었어. 이 외모 때문에 어릴 때부터 그룹에 끼지 못했어. 그런 생활이 줄곧 이어졌어."

본 적도 없는 작은 코가네이가 떠올랐다.

금색 머리, 파란 눈, 예술품처럼 반듯한 얼굴.

그건 마치 우리와는 다른 생물 같다.

어린아이는 아름다움을 동경하기보다 자신과 다른 무언가를 일단 두려워한다.

말을 걸어도 서먹서먹하게 굴며 거리를 두는 나날.

얼마나 힘들었을까.

"소설을 썼더니 친구가 한 명 생겼어. 사정이 있어서 그 친구와는 줄곧 같이 있을 수 없었지만, 나도 무리에 낄 수 있을 거라는 희망을 품기에는 충분한 계기였어. 힘내자고 생각했어. 소설가 데뷔가 결정되고, 나를 보는 모두의 눈이 바뀌기 시작한 것도 타이밍이 좋았어."

그 후 코가네이의 노력이 시작됐다.

하지만 모든 것이 전부 잘 풀릴 리 없었다. 코가네이에게 주어진 것은 계기뿐이었다.

코가네이와 「모두」의 사이에는 아직 긴 시간이 만든 골이 있었다.

그것을 뛰어넘기 위한 다리를 만들 시간이 필요했다.

그리고 그 시간은 없었다.

"데뷔 직후였어. 아주 힘든 일이 있었고. 마음의 정리가 되지 않아서. 조용히 내버려 뒀으면 좋겠는데, 혼자 있고 싶은데, 그걸 제대로 전하지 못해서. 모처럼 말을 걸어와 준 아이에게 나도 모르게 신경질을 부리고 말았어. 시끄럽다고. 그렇게 말해 버렸어. 그 후에 어떻게 됐을지는 카자마츠리 토와라면 알겠지."

상상할 필요도 없었다.

그것은 내 과거이기도 했으니까.

누나가 사라졌는데, 그럴 기분이 아닌데, 아무것도 모르고 그저 떠들어 대는 녀석들이 있었다.

나는 짜증을 내기도 했고, 때로는 무시했고, 때로는 고함쳤다.

그러자 주위의 관심은 분노와 불만으로 간단히 바뀌어 금세 터졌다.

텐구 군이라는 별명이 붙었다.

딱히 나나 코가네이만의 일이 아니었다.

굴러다니는 돌을 대충 걷어찼더니 누군가에게 맞는 수준의 일, 이 세상에 흔히 있는 일이었다. 그리고 그 돌에 맞은 사람이 나와 코가네이였던 것이다.

"그렇지. 싫은 일을 안 겪었다고 하면 거짓말이야."

"역시나, 미안해."

하지만, 하고 나는 고개를 저었다.

"그건 네가 사과할 일이 아니야."

코가네이가 책임을 느낄 필요가 없는 일이었다.

정말로 나는 그렇게 생각했다.

전해질까.

"카자마츠리 토와는 바뀌었어."

"내가 생각하기에도 그래."

"1년 전에 당신에게 말을 걸었을 때는 엄청나게 무서웠지만 이제는 조금도 무섭지 않아. 사실은 말이지. 당신이 나를 원망하고 있다고 줄곧 생각했어. 그래서 당신은 「잔잔한 마을에서 노래해」를 읽지 않는 거라고."

"거기에는 다른 사정이 있어. 나한테는 애초에 그 책을 손에 들 권리가 없어."

텅 빈 손을 보았다.

누나를 생각했다.

책을 내쳤을 때의 감정을, 딱딱한 책의 감촉을, 누나의 작은 등을, 세상 끝까지 뻗은 우리들의 잿빛 슬픔을 생각했다.

"……후회야. 그리고 그건 기적이라도 일어나지 않는 한 지울 수 없어. 나는 되돌릴 수 없는 일을 저지르고 말았으니까. 그러니까 나는 그 책만큼 읽어 줄 수 없어. 미안."

"그렇다면 역시—."

중얼거린 목소리는 너무 작아서 끝까지 들을 수 없었다.

코가네이는 뭔가를 생각하듯 점점 파란색이 짙어지는 하늘을 올려다보았다. 아아, 이제 완전히 밤이다.

"늦었으니까 바래다줄게."

"정말?"

"그래."

"고마워."

가로등 불빛을 받아 그림자가 생겨나 있었다.

그림자는 두 개였다.

하나가 아니었다.

그것이 하늘하늘 흔들리고 있었다.

5

어느 날, 방과 후. 사진부 동아리방에서 작업하고 있는데 갑자기 카랑카랑한 목소리가 터졌다.

"아하하하. 실례합니다~."

"수고 많으십니다. 어라? 카자마츠리 선배밖에 없어요?"

문 쪽을 보니 언제나 그렇듯 사이좋게 손을 잡은 「Azure」 콤비가 그곳에 있었다.

평소라면 그다지 신경 쓰이지 않았을 손을 빤히 보고 만 것은 코가네이를 떠올렸기 때문이었다.

그 녀석에게도 저렇게 손을 잡을 수 있는 친구가 빨리 생기면 좋을 텐데.

"우후후후. 혹시 카자 선배도 손잡고 싶어서 그래요? 참고로 누구 손을 잡고 싶나요? 저인가요? 아오인가요? 아오를 노린다면 저를 쓰러뜨려야 할 거예요."

내 시선을 빠르게 눈치챈 타카미네가 가슴을 쭉 펴고서 빙그레 웃었다.

안타깝게도 틀렸다.

잡아 줬으면 하는 사람은 다른 녀석이다. 내가 아니라. 애초에—.

"이걸 봐. 손을 잡을 수 있는 상황이 아니지?"

그렇게 말하면서 타카미네의 시선을 내 손 쪽으로 유도했다.

새까만 주머니가 살짝 떠올랐고 내 손은 여기 있다는 것을 알리기 위해 꼼지락꼼지락 움직였다.

나 혼자서 뭐 하고 있었냐면 필름을 현상하기 위한 사전 준비 중이었다. 접이식 의자에 앉아 다크백에 손을 넣고 있었다.

다크백이란 빛을 차단한 채 작업하기 위한 주머니였다. 주머니 안에 필름과 릴, 그리고 스테인리스제 현상 탱크를 넣고 밀봉. 거기에 손을 넣어 릴에 필름을 감는다.

그저 그것뿐인 작업이지만 이게 꽤 어려웠다.

일단 주머니 안을 눈으로 볼 수 없어서 전부 손의 감각만으로 판단해야 했다. 익숙하지 않으면 30분쯤은 걸리고 제대로 감지 않으면 현상할 때 필름에 얼룩이 생기기도 했다.

그렇게 되면 모처럼 찍은 필름이 아깝다.

"아아, 필름 감고 있었군요. 저 그거 좋아해요."

"어라, 타카미네. 해 본 적 있어?"

"아하하하. 설마요. 없어요. 아오가 하는 걸 봤을 뿐이에요."

"그럼 뭘 좋아한다는 거야?"

그저 보기만 하는 건 재미없을 텐데.

"그건 말이죠."

눈을 반짝 빛낸 타카미네는 미야노와 잡고 있던 손을 놓고 내 뒤로 샤샤샥 돌아들더니—.

"에잇~!"

내 등에 다이빙했다.

어깨 위로 타카미네의 팔이 쑥 나왔다. 건강한 팔뚝이 눈부셨다. 그리고 등에 「그것」이 꾹 눌렸다.

D컵씩이나 된다는 풍만한 언덕이……

강제로 남자를 무력화하는 부드러움에 의식의 4할이 잘려나갔다.

"다크백이라고 하던가요? 릴에 필름을 감는 동안에는 거기서 손을 못 빼죠? 손을 빼면 빛이 들어가서 필름을 못 쓰게되니까. 아하하하. 즉, 내 세상이란 거죠."

"야, 미야노. 왜 이런 귀찮은 녀석에게 그런 걸 가르쳐 줬어."

선배의 위엄을 조금이라도 유지하기 위해 억지로 언성을 높였다.

느닷없이 혼난 미야노는 당연하지만 부루퉁하게 얼굴을 찌푸렸다.

"제, 제가 가르쳐 준 거 아니에요. 모모 선배에게 지도받을 때같이 들은 거예요. 이제 저는 루리가 있을 때는 절대 릴 안 감아요. 시집갈 수 없게 돼."

"파트너가 저런 말을 하는데, 너 무슨 짓을 한 거야."

"아하하하. 이런 짓 저런 짓이죠. 그거 알아요? 아오의 피부는……"

후우, 하고 묘하게 농염한 숨이 귀에 닿았다. 간지러워.

그리고 샴푸 냄새일까.

뭔가 달콤한 향기가 코를 자극해서 심장이 한층 강하게 뛰었다.

"매끈매끈하답니다."

"내가 어떻게 알아. 그만 떨어져."

"에이, 뭐예요. 좀 더 놀리게 해 주세요. 아오는 정말로 제가 없을 때 하는지 이런 기회를 안 준단 말이에요."

"당연하지. 이건 꽤 신경을 써야 하는 작업이야. 제대로 릴이 안 감기면 필름에 얼룩이 생겨."

"어? 그래요?"

타카미네의 움직임이 뚝 멈췄다.

"그렇다면 이제 안 할게요."

"갑자기 왜 그래?"

이렇게나 말을 잘 들으니 오히려 무서운데.

"아하하하. 목적은 약간의 스킨십이지, 딱히 방해하고 싶은 건 아니거든요."

마침내 떨어진 타카미네와 교대하듯 새까만 그림자가 드리워졌다.

미야노였다.

가방을 가장자리에 놓고 내 앞자리에 앉았다.

책상에 팔꿈치를 올리고 연꽃처럼 핀 양손으로 턱을 받쳤다.

"이번 롤 인화 때 쓸 사진인가요?"

"실전에 임하기 전에 어떻게 인화할지 어느 정도는 정해 둬야 하니까. 8x10으로 몇 장 인화해 보고 모두의 의견을 들어

보려고."

"어, 네? 의견을 듣겠다고요? 카자마츠리 선배가?"

"뭘 그렇게 놀라? 당연하잖아. 이건 내 작품이 아니라 다 같이 인화하는 작품이니까."

"그럼 저도 의견을 말해도 되나요?"

"물론이지."

"그런가. 그렇구나."

"기뻐 보이네."

"뭐, 네. 그러네요."

"너는 내 사진을 사랑하니 말이지."

히죽히죽 웃자 미야노는 살짝 머뭇거리면서도 말했다.

"……그건 부정하지 않겠어요."

이렇게 반응하니 내가 민망해졌다.

이 녀석은 카메라에 관해서는 나한테도 솔직해지는구나.

"그런데 벌써 후보가 정해졌어요?"

"응? 아아, 요전번에 코가네이랑 찍은 사진이 괜찮을 것 같아서 그게 되지 않을까 싶어. 현상이 끝나 봐야 확실히 알 수 있겠지만."

가볍게 중얼거리자 좌우로 작게 흔들리던 미야노의 몸이 우뚝 멈췄다. 그리고서 조심조심 물었다.

"저기. 최근 코가네이랑 사이가 좋네요?"

"가끔 얘기하는 정도인데. 괜찮으면 너도 말을 걸어 줘. 아마 기뻐할 거야. 그 녀석, 나랑 얘기하고 싶어 했으니까."

"그래요?"

"그 왜, 저번에 편의점에서 그 녀석이 너를 보고 있었던 건 알지? 그때도 말을 걸어 보라고 권해 봤는데 용기가 없는 것 같더라."

"아아. 그거, 그래서 쳐다봤던 거군요. 전 또 카자마츠리 선배가 놀리려고 온 줄 알았어요."

"그래서 그런 눈으로 노려봤던 건가."

"……그게 전부는 아니지만요."

이야기하면서 당연히 작업도 진행했다.

유제면을 만지지 않도록 주의하며 릴에 필름을 세팅하고 손가락 감촉을 의지하여 감아 나갔다. 가끔 필름을 당겨서 제대로 감겼는지 확인하는 것도 잊지 않았다.

좋아, 잘 된 것 같다.

마지막으로 필름을 손가락으로 끊고 릴을 현상 탱크에 넣은 뒤 뚜껑을 닫았다. 하아. 이걸로 완성.

마침내 손을 뺄 수 있다.

"아하하하. 아오. 조금 토라졌었어요."

우리의 대화를 조용히 듣고 있던 타카미네가 말했다.

"딱히 토라지지 않았어. 그럴 이유도 없고."

"뭐야, 미야노. 질투했어?"

"아, 아니에요!"

털을 세운 고양이처럼 미야노가 외쳤다.

그래그래, 이 반응.

이걸 원했어.

역시 미야노는 땍땍거리는 쪽이 안심된다.

타카미네가 히죽히죽 웃으며 이쪽을 보았기에 눈빛으로 대화를 나눴다. 분명 이 녀석도 같은 기분이다.

살짝 놀려 주자.

"하지만 아오에게도 잘못이 있어. 고집부리지 말고 좀 더 솔직해져야 해. 좋은 기회이니 우선 호칭부터 바꿔 보는 게 어때?"

"호, 호칭?"

"그거 좋은데. 이름으로 부르는 게 부끄러우면 타카미네처럼 불러도 돼."

"어, 어어어?"

미야노는 당혹스러워하며 어쩔 줄을 몰랐다.

키득키득 웃으면서 그 모습을 즐기고 있으니 미야노가 나를 보고, 타카미네를 보고, 다시 나를 본 후에 침을 꼴깍 삼켰다.

그리고 기어드는 듯한 작은 목소리지만 분명하게 말했다.

"카, 카자 선배?"

말문이 막혔다.

아연했다.

설마 진짜로 말할 줄은 몰랐다.

말을 잇지 못하는 내 앞에서 미야노의 얼굴이 순식간에 빨개졌다. 그것이 전파됐는지 내 얼굴도 조금 뜨거웠다.

둘 다 녹아웃.

무승부였다.

다만 한 사람, 흡족하게 웃은 타카미네만이 미야노를 껴안았다.

"그렇게 순순히 따르는 아오를 나는 사랑해."

자신이 놀림 당한 것을 마침내 눈치챈 미야노의 얼굴이 더욱 빨개졌다.

"저, 정말, 루리 바보. 몰라. 나 암실에서 사진 인화할 거야."

"아, 어이."

미야노는 수납장에서 자기 물건을 챙기더니 허둥지둥 암실에 틀어박혀 버렸다. 달칵 소리가 나서 문이 잠겼다는 것을 알 수 있었다.

현상을 위한 약품은 전부 암실 안에 있다.

문을 쿵 두드리자 쾅 소리가 돌아왔다.

"야, 미야노. 나 이제 필름 현상하려고—."

"시끄러워요. 절 놀린 선배 잘못이에요."

차갑게 딱 잘라 말하는 태도에는 어떻게 비벼 볼 틈도 없었다.

쿵쿵거리며 움직이는 소리가 들리는 걸 보니 정말로 심통이 난 것 같았다.

아무래도 너무 심하게 놀렸나 보다.

"진짜냐. 현상을 못 하잖아."

암실 문 앞에 우두커니 선 내 옆으로 타카미네가 오더니 싱긋 웃었다.

"아하하하. 그럼 선배. 아오에게 차인 동지이니 오늘은 저랑 데이트라도 할래요?"

데이트라길래 뭘 하려는 건가 했더니 타카미네가 나를 데려간 곳은 얼마 전에 역 앞에 생긴 카페였다.

갈색을 베이스로 한 차분한 인테리어와 오렌지색 간접 조명이 근사했다.

원래는 도로 쪽에 설치된 커다란 창문으로 빛이 가득 들어오겠지만 안타깝게도 오늘은 비가 왔다.

거리가 젖고 잿빛 공기가 바깥을 떠돌았다.

가게 안을 둘러보니 학생은 우리뿐이었다. 우리 말고는 아이를 데려온 엄마들과 책을 읽는 아저씨 등이 있었다. 빗소리, 어린아이의 강한 발소리, 책 페이지를 넘기는 소리가 모두 하나가 되어 카페라는 공간을 만들고 있는 것처럼 느껴졌다.

물론 어린아이처럼 신난 여고생도 그 일부였다.

"아, 카자 선배. 이거, 이거예요."

앞에 앉은 타카미네가 메뉴 중에서 한층 큰 파르페를 가리켰다.

하루 다섯 개 한정 80센티미터 파르페라고 적혀 있었다. ……어? 80센티미터 파르페? 눈을 의심하며 비벼 봤지만 잘못 본 게 아니었다.

얼마 전에 미야노의 전화번호를 가르쳐 주는 대신 이곳의 딸기 파르페를 사 주겠다는 약속을 이 녀석과 했었다. 크기에 걸맞게 가격도 상당하여 재정적으로 큰 타격이지만 약속했으니 어쩔 수 없었다. 다만—.

"주문하는 건 좋은데, 다 먹을 수 있겠어?"

폭이 넓어 보이지는 않지만 그래도 여럿이서 나눠 먹어야 다 먹을 수 있을 것 같다. 아아, 아니지. 내 소꿉친구라면 혼자 다 먹는 게 가능할 수도 있겠다.

"하긴 그러네요. 사실은 아오랑 다른 친구도 데려오려고 했는데. 으음. 그럼 오늘은 이 과일 파르페 먹을래요."

좋은 재료를 쓰는 모양이라 이쪽은 1인분인데도 가격이 3천엔이나 했다.

아무래도 타카미네의 사전에는 「사양」이라는 글자가 실려 있지 않은 듯하다.

나는 특별히 배가 고프지 않아서 커피를 주문했다.

잠시 잡담하고 있으니 과일 파르페가 나왔고 타카미네의 눈이 반짝였다. 트레이드 마크인 리본이 쫑긋쫑긋 흔들렸다.

스푼으로 과일을 떠먹자 눈이 더욱 반짝였다.

"맛있어?"

"네, 아주 맛있어요."

뺨에 손을 대고서 으음~ 하는 소리를 냈다.

나도 커피를 마셨다.

흰색 컵의 가장자리가 조금 젖었다.

흥흥 콧노래를 부르며 파르페를 찌르던 타카미네가 갑자기

말했다.

"그런데 최근에 정말로 코가네이랑 사이가 좋네요."

"너까지 뭐야?"

잔받침에 컵을 놓자 작게 달그락 소리가 났다.

"소라우미죠, 그 애? 계기는 그건가요?"

어떻게 알았냐는 말이 목구멍까지 올라왔지만 삼켰다.

이 녀석이라면 그 정도는 알고 있어도 이상하지 않았다.

"야, 타카미네. 그 사실은……."

"물론 떠들고 다니지는 않을 거예요. 숨기고 싶어 하는 것 같고. 예전에도 「이런저런」 일이 있었던 모양이니까."

뭔가를 살피듯 타카미네가 내 눈을 들여다보았기에 시선을 피하지 않았다.

그걸로 분명 전해졌을 것이다.

이 녀석이 「이런저런」 일이라고 얼버무린 부분.

즉, 예전 학교에서 있었던 일을 내가 분명하게 알고 있음을…….

어쩌면 이 녀석은 그 부분을 내게 가르쳐 주려고 오늘 나를 이곳에 데려온 것일지도 모른다는 생각이 들었다.

일단 한 마디 덧붙여 두었다.

"그 녀석, 좋은 녀석이야."

흠, 하고 고개를 한 번 끄덕인 타카미네는 「카자 선배도 먹어 볼래요?」라며 멜론 한 조각을 스푼에 올려 내밀었다.

조금 전 이야기는 이걸로 끝이라는 느낌이었다.

"갑자기 왜?"

"제 파르페를 줄곧 보길래요. 먹고 싶은 걸까 싶어서요."

"그럴 리가 없잖아. 그보다 선배를 놀리지 마."

"놀리는 거 아니에요~ 도발하는 거죠."

"도발하지 마."

"아하하하. 도망치는 거예요?"

"너 말이다. 그렇게 굴다가 언젠가 큰코다칠 거야."

"흐응, 어떤 식으로요?"

히죽히죽 웃으며 고개를 갸웃하는 타카미네의 얼굴로 손을 뻗었다.

어? 하고 작은 목소리가 들렸지만 무시.

코끝에 묻은 생크림을 쓱 문질러서 닦아 줬다. 웬일로 타카미네는 「고, 고맙습니다」 하고 쑥스러워했지만 나는 이대로 끝낼 생각이 없었다.

타카미네에게 생긴 한순간의 빈틈을 놓치지 않고 스푼을 든 그녀의 손을 잡아 그대로 크게 벌린 입으로 가져갔다.

초록색 과실이 입에 미끄러져 들어왔다.

아주 달았고 조금 부드러웠다.

손을 놔 주자 타카미네의 얼굴이 딸기처럼 빨개졌다.

"이런 식으로."

"간접 키스예요. 손까지 잡았고."

"네가 먼저 싸움을 걸었잖아?"

"카자 선배, 언제 허당에서 벗어난 건가요!"

"후배한테 당하고만 있을 수는 없지."

"끄으으응, 카자 선배 주제에~."

"「주제에」라니 그게 무슨 소리야."

분하긴 하지만 받아칠 수 없었던 타카미네는 화풀이하듯 파르페를 우걱우걱 먹었다.

말은 그렇게 했으나 나도 내심 안도했다.

아~ 성공해서 다행이다. 「카자 선배, 뭐 하는 거예요. 극혐이에요」라고 진지한 얼굴로 말했다면 다시 일어설 수 없었을 것이다.

누나가 가지고 있던 순정만화를 고맙게 여기는 날이 오다니.

어느새 비가 한층 거세져 있었다.

가방으로 머리를 가린 여고생이 달려갔다. 위쪽만 신경 쓴 탓에 물웅덩이에 성대하게 돌입했다.

물이 튀었다.

진흙이 묻었다.

어깨가, 치마가 젖어 있었다. 희미하게 살색이 비쳤지만 성적인 느낌은 전혀 풍기지 않았다.

수국과 마찬가지로 장마철의 풍물시였다.

창밖에 펼쳐진 잿빛 세계를 바라보며 후배를 불렀다.

"야, 타카미네. 그거 맛있어?"

"맛있어요. 선배도 아까 먹었잖아요."

"그런가."

으하하하 웃자 타카미네가 의아한 얼굴로 나를 보았다. 처음으로 타카미네에게 이긴 기분이었다. 이런 한때도 의외로 나쁘지 않았다.

그렇게 달콤한 승리에 취해 깔끔하게 상황을 마무리하려고 했지만.

"아, 오늘 있었던 일은 아오한테 말할 거예요. 오미 선배한테도요."

벼락이 떨어졌다.

황급히 돌아보자 타카미네가 혀를 메롱 내밀고 있었다.

"너, 그건 비겁하잖아."

"안 비겁한데요."

"그보다 진짜 하지 마. 최근 토카 선배는 웃어넘길 수 없을 만큼 무서우니까."

"안 돼요. 말할 거예요."

"부탁할게."

"싫어요."

끝내 당황해서 쩔쩔매는 나를 5분 정도 놀리고서 마침내 만족했는지, 아니면 단순히 배가 불러서인지 파르페를 다 먹은 타카미네가 아하 웃었다.

"역시 카자 선배와의 관계는 이래야죠."

비워진 유리잔 안에서 스푼이 달그락 소리를 냈다.

아까와는 딴판으로 내 안에는 패배감이 가득했다.

젠장.

제3화

하지 못한 말

1

조금도 빛이 들지 않는 방에 있었다.

이러고 있으면 자신의 윤곽이 점점 애매해지는 것 같아서 무섭다.

나는 이곳에 확실히 존재함을 알고 있는데, 그건 그저 착각이고 나 같은 건 어디에도 없는 게 아닐까 하는 생각이 든다.

손을 휘둘러 보고, 앉았다가 일어나 보며, 어둠과 동화된 자신의 존재를 확인해 보았다.

전혀 의미가 없었다.

그저 아세트산 냄새로 물든 공기를 휘저었을 뿐이다.

끼익.

둔탁한 소리가 나며 문이 열렸다.

구름 틈으로 비치는 달빛처럼 금빛이 퍼지고 이런저런 윤곽을 하얗게 덧그렸다.

갑작스러웠기에 깜짝 놀랐다.

"우왓."

"어? 뭐, 뭐 해?"

상대방도 놀랐다가 조금 어이없어하는 목소리로 그렇게 말했다.

뭐, 어쩔 수 없는 일인지도 모른다.

어둠 속에서 혼자 앉았다 일어났다 하는 남자 고등학생이라니 꺼림칙하기만 하겠지.

상상해 보니 생각보다 더 미묘하게 이상한 광경이 떠올라서 식은땀이 등에 맺혔다.

타카미네가 봤다면 「아하하하, 신고할게요」라고 말한 뒤 바로 스마트폰을 꺼냈을 것이다.

큰일 날 뻔했네.

크흠, 일부러 헛기침하고서 빛 쪽을 보았다.

조심조심 찾아온 사람은 잘 아는 여자아이의 형태를 하고 있었다.

이윽고 완전히 문이 열리자 바닥에 생긴 직사각형 빛 속에 소녀의 윤곽만이 나타나 흔들렸다.

"카자마츠리 토와, 맞지?"

고작 그 말에 조금 전까지 어둠과 완전히 동화되어 있던 나라는 무언가가 아주 간단히 개인으로서 건져 올려졌다.

옆에 있는 누군가에게 관측됨으로써 우리는 세상에 있는 것을 허락받는다는 말을 어디선가 읽은 적이 있는데 정말로 그 말대로였다.

이름을 얻는다.

개인이 된다.

내가 된다.

새어 들어온 빛이 내 형태를 그렸다.

"맞아, 코가네이. 무슨 일 있어?"

"말이라고 하는 거야? 혼자 두지 마."

"뭐야, 무서웠어?"

"그런 건 아니지만. 당신이 나를 데려왔으니까 신경 써 줘야지."

불퉁하게 입술을 내민 코가네이의 말대로, 여전히 미야노에게 말을 걸지 못하는 그녀를 내가 다시 사진부에 초대했다.

하지만 코가네이는 내가 옆에 있으면 부끄러워서 나랑만 이야기하려고 했기에 화장실에 간다고 한 뒤 빠져나왔었다.

그게 벌써 30분 전 일이다.

"딱히 내가 없어도 다들 친절했잖아."

"……응."

코가네이가 동아리방에 한 걸음 발을 들였다.

그녀의 그림자의 머리 부분이 동아리방의 어둠에 조금 동화되었다.

"이 동아리방. 이미지가 완전히 바뀌었어."

오늘은 기다리고 기다리던 롤 인화를 하는 날.

수업이 끝나자마자 모든 짐을 빈 교실로 옮기고 동아리방에 암막을 쳤다.

준비를 마쳤을 때는 이미 밤 아홉 시를 지나 세계는 완전히 어둠 속에 가라앉아 있었다.

내 발밑에는 커다란 나무틀에 투명한 시트를 깐 것이 세 개 늘어서 있었다. 그곳에는 미리 준비해 둔 투명한 액체가 듬뿍 담겨 있었다.

현상액, 정지액, 정착액.

희미하게 들어온 하얀빛이 표면에서 일렁일렁 흔들렸다.

언젠가 하이로 부장이 말했듯 이 동아리방에서 현상을 한다.

"그렇게 말하는 코가네이도 평소와 분위기가 다르네."

"이, 이상해?"

다시금 코가네이를 보았다.

조금 쑥스러워하며 고개를 숙인 코가네이는 평소와 같은 교복 차림이 아니라 새까만 긴소매 작업복을 입고 있었다.

오른쪽 어깨에서 왼쪽 허리로 몸을 횡단하듯 하얀 선이 그어져 있고, 그 끝에 DSLR이 프린트되어 있었다.

마치 카메라를 들고 있는 것 같은 디자인은 나나고 사진부의 오리지널 디자인이라고 했다.

소매에서 빼꼼 나온 작은 손으로 허벅지 근처를 꽉 쥐고 있는 코가네이의 얼굴에는 쑥스러운 것 같지만 기뻐 보이는 웃음이 떠올라 있었다.

"이거. 모처럼 암실에 들어가는 거니까 모두와 똑같은 작업복으로 갈아입자면서 미야노 아오이가 예비를 빌려줬어."

"그랬구나. 잘됐네."

"응. 처음에는 타카미네 루리가 빌려줬는데 헐렁헐렁해서. 카자마츠리 토와, 그거 알아? 타카미네 루리는 거짓말을 하고 있어."

"뭐?"

"D컵이라고 했지만 적어도 두 단계는 위야."

"쿨럭. 무슨 말을 하는 거야."

숨소리를 터뜨리자 코가네이가 눈썹을 찌푸렸다.

"무슨 말인지 몰라? 가슴 사이—."

"아~아~ 그런 건 말하지 않아도 돼."

"그래? 하지만 남자는 그런 얘기를 좋아하지 않아?"

"거짓말했다는 건 타카미네가 숨기고 싶어 한다는 거잖아? 말하고 다니지 마."

"아아. 그런가. 카자마츠리 토와는 머리가 좋아. 다, 당장 잊어버려."

"예이예이."

뭐, 무리지만.

머리가 좋은 듯한 카자마츠리 토와의 뇌세포는 물리 공식은 바로 잊어버려도 이런 정보만큼은 확실하게 기억한다.

"그리고 머리카락 예쁘다고 오미 토카가 칭찬해 줬고, 모모우 모모는 과자를 줬어."

마치 어린아이가 엄마에게 오늘 있었던 일을 보고하는 것처럼 코가네이는 자신의 기쁨을 떠듬떠듬 말했다.

그리고 그 일들 속에 몇몇 이름이 있음을 나는 알아차렸다.

미야노 아오이.

타카미네 루리.

오미 토카.

모모우 모모.

그녀들은 이제 코가네이에게 「누군가」가 아니었다.

"그랬구나."

"나, 이런 건 처음이라서. 잘 말할 수 없었지만."

"그래."

"하지만 그걸 다들 기다려 줬어. 제대로 내 얘기를 들어 줬어."

"의외로 기쁘지?"

나도 알고 있다.

이곳에서 배웠다.

분명하게 내 이야기를 들어 주는 사람이 있다는 것.

소문에 휩쓸리지 않고 진짜 나를 봐 주는 사람이 있다는 것.

그것이 얼마나 기쁜지.

"응."

"그럼 왜 나를 부르러 왔어? 모두와 얘기하면 될 텐데."

그렇게 말하자 코가네이는 원망스럽다는 듯 나를 노려보았다.

"확실히 다들 있어."

"그래."

"하지만 당신은 혼자야."

나직이 그런 말을 했다.

"그게 신경 쓰여서 일부러 찾으러 온 거야?"

"응."

코가네이가 고개를 끄덕임과 동시에 나는 웃음을 터뜨렸다.

바보다. 이 녀석은 정말 바보다.

자신을 돌보는 것만으로도 벅찬 주제에 어째서 나까지 신경 쓰는 거야.

"⋯⋯혹시 웃어?"

"그런 거 아니야."

"거짓말. 분명 웃고 있어. 왜?"

"별거 아냐."

"응? 왜 웃어?"

"별거 아니라니까. 그보다 전골은 어땠어? 그거 내가 간을 맞춘 거야."

밤새 작업한다고 해서 나는 언젠가 썼던 찬합과 도시락, 거기에 휴대용 가스버너까지 지참하여 작은 전골을 준비했다.

이미 장마철인데도 전골이 먹고 싶다며 하쿠노가 리퀘스트했기 때문이다.

"아직 안 먹었어."

"그래? 그럼 같이 먹으러 갈까."

그렇게 나는 코가네이에게 다가가 그 등을 툭 밀었다.

가벼운 몸이 살짝 앞으로 쏠리며 넘어지려고 했다.

하지만 코가네이는 버티고서 한 걸음, 두 걸음, 앞으로 나아갔다.

그래. 어제보다 한 걸음 전진했다.

"하나 말하는 걸 잊어버렸네. 그 차림, 잘 어울려."

"고, 고마워. 실은 꿈꿨었어."

"뭘?"

"누군가와 똑같은 물건을 맞추는 거. 왜냐면, 왜냐면. 그건 마치……"

하지만 코가네이는 뒷말을 꺼내지 못했다. 이어서 말할 확신이 없는 거겠지. 한순간 입술을 꽉 깨물었다가 에헤헤헤 웃었다.

바보라고 나는 생각했다.

말해 버리면 될 텐데.

마치, 친구 같다고.

기뻐하는 사람은 있어도 화낼 사람은 없는데.

"너는 아직 멀었구나."

"무슨 말이야?"

"미숙하단 거야."

"무슨 말인지 모르겠어."

당황한 코가네이의 머리를 거칠게 쓰다듬으며 함께 동아리 방을 나가 옆 교실로 갔다.

유리창으로 새어 나오는 노란 불빛과 함께 즐거운 목소리가 터졌다.

타카미네가 교장에게 살~짝 부탁하여 쟁취했다는 신문부 동아리방을 휴게실로 빌리고 있었다.

동아리방에 들어가자 아는 얼굴과 모르는 얼굴이 잔뜩 있었다.

야간 활동이라 평소에는 동아리 활동에 별로 얼굴을 내밀지 않는 고문 선생님과 다른 지역의 대학에 진학한 OB 멤버까지 모여 있었다.

그리고 내가 만든 도시락과 전골, 각자가 가져온 간식 등을 안주 삼아 술잔치를 벌이기 시작한 상태였다.

이것도 연례행사인 것 같았다.

근데 교내에서 술 마셔도 되는 건가?

특히 고등학교 교사.

으하하하, 이거 맛있는데. 그 고기, 내 거니까 집지 마. 그렇게 한층 큰 목소리로 떠들고 있는 사람은 고문 선생님인 히가시야마.

입 다물고 있으면 미인인데 말이지. 이렇게 생각하는 사람은 나뿐만이 아닐 터다.

아마 졸업생도 포함하여 전교생의 공통된 인식이리라.

하지만 많은 학생이 선생님을 좋아했다.

뭔가 이웃집 누나처럼 편한 구석이 있었다.

안심이 된다고 할까.

"오오, 카자마츠리. 마침 잘 왔어. 너도 설득해 줘."

얼굴이 시뻘게졌는데도 캔맥주를 마시고 있는 히가시야마가 나를 불렀다.

"뭘 설득해?"

습관적으로 평소처럼 대답하자 날카로운 시선이 날아왔다.

등골에 오싹한 전류가 흘렀다.

눈빛의 예리함이 다른 선생님들과는 전혀 달랐다.

다른 선생님이 레벨 1의 슬라임이라면 히가시야마는 그래, 라스트 보스를 뛰어넘는 히든 보스 정도의 풍격을 풍겼다.

현역 시절 — 구태여 어떤 현역인지는 말하지 않겠지만 — 여러 팀을 없애고 이 주변 일대를 평정했다는 게 사실일까.

"뭘, 설득할까요?"

"좋아. 그리고 선생님이라는 호칭도 붙여."

"아니, 딱히 지금 이름은 안 불······."

다시 날카로운 시선이 날아와서 내 작은 반항심은 간단히 꺾이고 말았다.

"렀지요?"

"마음속으로 이름을 막 부르고 있잖아. 너 같은 학생을 내가 얼마나 많이 봤는데. 오래 살았다는 이유만으로 공경하라고 하지는 않겠지만 나는 네 선생님이야. 즉, 너보다 뛰어난 부분이 있어서 지도하는 입장이지. 그런 사람조차 공경하지 못한다면 너희는 선인에게 아무것도 배우지 못해. 이건 마음가짐의 이야기야. 그리고 나 자신의 경험담이기도 해. 적어도 졸업하기 전까지는 히가시야마 선생님이라고 부르도록. 그 후에는 마음대로 불러도 되니까."

"······알겠어. 아니, 알겠습니다."

뭐야. 주정뱅이 주제에 꽤 멋있잖아.

"좋아. 아무튼 오미를 설득해 줘. 이 녀석, 내가 아무리 부탁해도 농구부에 안 들어오겠다잖아. 입학한 뒤로 쭉 그래. 2년이나 짝사랑 중이야."

"그러니까 이미 몇 번이나 거절했잖아요. 농구는 중학생 때 졸업했어요."

"아아, 정말. 또! 또 차였어. 중학생 오미의 시합을 본 뒤로 함께 절차탁마할 날을 기대했는데. 내 짝사랑은 언제 열매를 맺으려는 건지. 항상 그래. 들어 봐. 내가 너희만 할 때, 그래,

너희처럼 고등학생이었을 때 있었던 일인데."

유난히 「너희처럼」을 강조하네.

아까 한 말 취소다. 전혀 안 멋있다.

그냥 주정뱅이다.

심지어 술 취하면 다른 사람을 붙잡고 떠들어 대는 귀찮은 타입인 것 같았다.

주위를 주의 깊게 살펴보니 OB 멤버들은 일단 이쪽을 신경쓰고는 있지만 「얽히기 싫으니 무시하겠습니다. 잘 부탁해요」라는 분위기로 눈조차 마주치려 들지 않았다.

한숨을 쉬고서 토카 선배의 어깨에 둘린 팔을 치우고 두 사람 사이에 몸을 밀어 넣었다.

토카 선배 대신 내 어깨가 단단히 붙잡히고 말았다.

이것도 말단의 역할이겠지. 그렇게 나는 포기의 경지에 이르렀다.

알코올 냄새가 조금 독했다.

그래도 헤실헤실 웃기로 했다.

주정뱅이 상대로는 웃는 얼굴이 가장 효과적이다.

"선생님은 농구부 고문도 겸임하고 있던가요?"

"그래, 맞아. 꽤 강한 팀이야. 최강이야. 으히히히."

의외로 히가시야마, 선생님은 소녀처럼 천진난만하게 웃었다.

"그런 것 같더라고요. 작년에도 아깝게 전국 대회에 못 나갔다던데."

"오, 잘 알잖아. 기쁜걸. 맞아. 앞으로 한 발짝이었는데 도달하지 못했어. 아이들이 아쉬워하던 얼굴이 지금도 꿈에 나와."

히가시야마, 선생님은 역시나 알코올 냄새가 진동하는 숨을 토하며 풀린 눈으로 허공을 바라보았다. 이곳이 아닌 어딘가를 좇고 있었다.

이기게 해 주고 싶었는데. 아아, 이기게 해 주고 싶었어. 그렇게 숨과 목소리가 반반씩 담긴 감정을 토로하다가 내가 보고 있음을 깨달았는지 억지로 웃고서 맥주를 마셨다.

아마 이 연장자는 그런 식으로 많은 쓸쓸함을, 나 같은 애송이가 알지 못할 만큼 정말로 많이 삼켰을 것이다.

선생님 앞에 놓여 있던 그릇을 들고 전골을 담아 줬다.

고기를 많이, 채소류도 몇 개.

그것을 내밀며 말했다.

"선생님, 술만 마시지 말고 더 드세요. 이거, 제가 만들었어요."

"그런가~ 카자마츠리가 만들었나."

"네."

"기특하네. 넌 정말로 기특해."

꽤 강한 힘으로 머리를 거칠게 쓰다듬었다.

"아파, 아파요."

"뭐야, 이건 마음에 안 들어? 으음. 그럼 뽀뽀해 줄까? 뽀뽀~."

입술을 쭉 내민 히가시야마, 선생님이 접근하자 토카 선배가 내 옷깃을 잡아 뒤로 당겼다. 무심코 선배를 보니 생긋 웃고 있었다.

할 말 있어? 하고 물어보는 듯한 얼굴이었다.

"아뇨, 괜찮습니다."

나는 여러 가지 의미로 고개를 가로저었다.

"뭐야, 뭐야, 사양하지 마."

"사양하는 게 아니라."

"뭐야. 카자마츠리까지 나를 차는 거야?"

뺨을 부풀린 히가시야마, 선생님은 고기 한 점을 입에 쏙 넣더니 맛있다고 외쳤다. 그리고 맥주를 꿀꺽. 그리고서 「더 많은 고기를, 나에게 힘을」하고 만화에 나오는 마왕처럼 말하며 평화롭게 이야기하는 선배들 쪽으로 비틀비틀 걸어가 버렸다.

주정뱅이는 길고양이처럼 자유롭다.

하지만 이로써 마침내 나도 전골을 먹을 수 있을 것 같다.

토카 선배에게 새 나무젓가락을 받고 「잘 먹겠습니다」하며 손을 맞댔다. 갑자기 식욕이 나면서 배에서 꼬르륵 소리가 났다. 우선은 역시 고기지.

"으아~ 잠깐만. 기다려, 히가시야마. 토할 거면 화장실에서 토해. 여기선 절대 안 돼. 하지 마."

그러나 곧장 뒤에서 OB 멤버의 목소리가 들려온 탓에 나는 젓가락으로 집었던 고기를 살며시 냄비에 되돌리고 일어나게 되었다. 아아, 진짜!

주정뱅이를 상대하는 건 정말로 끝까지 귀찮다.

2

그렇게 어수선하게 식사를 마친 뒤, 그리 넓지도 않은 암실에 여덟 명이 들어갔다.

나와 토카 선배. 하쿠노, 모모우, 하이로 부장, 「Azure」 콤비. 그리고 코가네이.

캄캄한 방에 안전등 불빛이 어렴풋하게 켜졌다. 마치 가로등 같았다. 희미한 빛을 받아 모두의 윤곽만이 오렌지색에 젖어 있었다.

밤중 학교라는 분위기 때문인지, 캄캄한 방에 동아리 멤버와 모여 있기 때문인지.

그 비일상적인 느낌에 하쿠노를 제외한 모두가 약간의 긴장과 고양감에 들떠 있었다.

"그럼 시작하기 전에 둥글게 어깨동무라도 할까? 다들 들뜬 것 같으니 기합을 넣는 편이 좋을 것 같고."

하이로 부장이 말했다.

"옛날 생각 난다. 농구 시합 전에 항상 어깨동무했었는데."

"토카 선배, 이건 딱히 시합이 아니야."

"그런가? 비슷하지 않아? 이건 우리에게 아주 중요한 일이잖아?"

"그렇죠. 해요. 카자……마츠리 선배."

조금 어색하게 평소 부르던 호칭으로 부르며 미야노도 고개를 끄덕였다.

"뭐, 다들 좋다면."

물어보자 고개를 젓는 사람이 아무도 없었기에 어깨동무를 했다.

내 옆에는 토카 선배와 하쿠노.

두 사람의 어깨는 가늘었고 좋은 냄새가 나서 살짝 두근거렸다.

연결은 이윽고 포개져 둥글게 원을 만들었다.

보름달처럼 조금도 어그러지지 않은 예쁜 원이었다.

그것을 확인하고서 하이로 부장이 나를 보았다.

"뭐 해? 카자마츠리."

"어? 내가 구호를 말하는 거야? 부장의 역할이잖아."

"오늘 인화하는 건 네 사진이야. 즉, 주역은 카자마츠리지."

아아, 이런 건 나랑 안 맞는데.

그래도 역시 어딘가 달콤하게 고양된 밤의 분위기가 용기를 줬다. 아니면 어깨에 둘린 두 손이 상냥하면서도 강하게 나를 받쳐 줬기 때문일지도 모른다.

"나나고, 사진부."

작은 동아리방에 긴장한 내 목소리가 울렸다.

다들 작게 웃었다.

조금 낯간지럽지만 상관하지 않고 외쳤다.

"파이팅!"

““오~.””

여러 목소리가 하나로 겹쳐지며 긴장을 날려 줬다.

좁은 동아리방 안에서 우리의 거리는 아까보다 훨씬 가까워져 있었다.

이리하여 나나고 사진부의 가장 긴 밤이 시작되었다.

암실 작업이 처음인 사람들을 위해 하나하나 공정을 설명하며 진행했다. 필름을 세팅하는 법, 초점 맞추기와 트리밍.

인화지가 커졌다고 해도 공정 자체는 평소와 똑같았다.

단순 작업의 반복.

그저 시간만이 흘러갔다.

다들 작업하며 입을 움직였다.

이를테면 끝말잇기.

"그럼 아이도루(아이돌)."

"또 「루」예요? 카자 선배, 그런 짓 하면 미움받아요."

"어쩔 수 없잖아. 그런 게임이니까."

"루, 루, 루. 루리(청금석)는 이미 했고. 아, 루리콘(청람색)."

"미야노 아웃. 「응」으로 끝났어."

"으으."

하지만 미야노 옆에 있던 코가네이가 나직이 중얼거렸다.

"응고롱고로 보존지역."

""그게 뭐야?""

다들 눈이 휘둥그레졌다.

"뭐, 뭐냐니, 탄자니아 북부에 있는 자연 보호 지역의 이름이야. 세계 유산으로도 등록되어 있을걸. 나는 그 외에도 「응」으로 시작하는 말을 열 개 정도 더 아니까 앞으로 열 번은 도와줄 수 있어. 괜찮아, 미야노 아오이. 나한테 맡겨."

주먹을 움켜쥔 코가네이에게 미야노가 믿음직스럽다는 시선을 보냈다.

"코, 코가네이."

"아니아니, 이건 그런 게임이 아니야."

이어서 코가네이 선생님의 잡학 교실.

"으음, 낮게 뜬 달이 왜 붉게 보이는지 알아?"

"아, 몰라요. 그거 신기하죠."

정말로 흥미로워하며 모모우가 맞장구쳤다.

"그건 공기 중의 먼지 같은 게 태양 광선의 파란빛을 산란시키기 때문이야. 달이 상공에 있을 때도 물론 먼지나 수증기는 있지만 공기층이 옅어서 강한 산란은 일어나지 않아. 하지만 서쪽이나 동쪽에 달이 있을 때는 반대로 공기층이 두꺼워져서 빛이 산란되어 버려. 그래서 달이 붉어지는 거야."

"하아, 그렇군요. 공부가 됐어요. 이것 말고도 재미있는 이야기가 있으면 가르쳐 주세요."

"이것 말고는, 으음. 아, 그래. 하늘 가득 별이 떴다고들 하는데, 우리가 육안으로 인식할 수 있는 별의 개수는 사실 2500개 정도라고 해."

그 외에는 사랑 이야기를 하기도 했다.

"내 첫사랑은 유치원 선생님이었어."

하이로 부장이 절절히, 정말로 절절히 말했다. 어둠 속에서도 그 절절함은 두드러졌고 그것을 감지한 타카미네가 평소보다 조금 높은 톤으로 웃었다.

"아하하하. 흔한 경험이네요."

그런 타카미네에게 끌려가지 않고 하이로 부장의 목소리는 가라앉았다.

깊이, 깊이, 심연보다 더 안쪽으로.

"남자란 그런 생물이야. 처음에는 예쁘고 상냥한 어른을 좋아하게 돼. 그게 일이라서 나오는 상냥함이라는 걸 몰라. 바보니까. 항상 그래."

"저기~ 뭔가 어둠이 깊어 보이는데 괜찮은 건가요?"

"아니. 괜찮지 않은 이야기야. 오래된 상처가 쑤셔."

"알겠습니다. 아오, 종을 쳐 줘."

"뭐? 종 같은 거 없어."

"땡땡땡~ 하고 입으로 말하면 돼."

"때, 땡땡땡~?"

"시합 종료~."

짝, 타카미네가 손뼉을 쳤다.

시합 개시 후 30초.

타카미네 주심의 드높은 선언으로 하이로 부장 KO패.

그렇게 시간을 보냈다.

자포자기로 한 사람이 한 곡씩 — 미야노가 신나게 아이돌 노래를 고른 것은 놀라웠다 — 노래하고 모모우와 내가 구두로 과자 제작 교실을 열었는데도 아침은 멀었다.

마지막에는 침묵만이 내려앉아 다들 자기 역할만을 수행하는 로봇처럼 움직였다.

이미 몇십 번이나 했던 작업이라 익숙했다.

우리는 어둠 속에서 한 마디도 꺼내지 않고 훌륭하게 연계하여 효율적으로 시험 인화를 이어갔다.

농도 확인.

시험 인화한 인화지 조각을 돌려 보며 손으로 가리키거나 고개를 저었다.

후후, 누군가의 목소리가 그 침묵을 흔들었다.

목소리가 가볍게 퍼져 나가서 우리는 살짝 고개를 움직였다.

"미, 미안."

웃고 사과한 사람은 코가네이였다.

"왜?"

"뭔가 즐거워서."

"즐거워?"

"난 이런 거 처음이니까."

"아아, 암실 작업이 흔한 일은 아니지."

"그, 그게 아니라. 누군가와 함께 뭔가를 하는 것도. 이렇게 똑같은 옷을 입는 것도. 캄캄해서 얼굴도 알아볼 수 없는데 마음이 가깝게 느껴지는 것도. 그런 것들이 전부 처음이라. 마음이 통한다는 건 분명 이런 걸 말하는 거겠지."

그건 고등학생의 말이라고 하기에는 너무 순수했다.

상냥하고, 달콤하고, 쑥스러웠다.

평소에 교실에서 이런 말을 한다면 그냥 어물쩍 넘어갈 것이다.

하지만 지금, 귀에 닿아 터진 마음은 자연스럽게 우리 안에 녹아들었다.

밤중에 감도는 이름 모를 무언가가, 평소라면 민망해서 좀처럼 말할 수 없는 마음을 의외로 간단히 받아들이게 했다.

나도 똑같이 웃으며 물었다.

"그럼 하나 가르쳐 줘. 지금 다들 무슨 생각을 하고 있지?"

우리가 이 순간에 생각하고 있는 것.

그건 작품의 완성이라든가, 긴장감이라든가, 일체감이라든가, 그런 게 아니었다.

더 근원적인 욕구였다.

"그거야 간단하지."

흐흥, 코웃음을 치고서 코가네이는 득의양양하게 대답했다.

―졸려!

완벽한 답이었다.
그래서 웃음소리가 터졌다.
다양한 색으로 물든 목소리가 캄캄한 암실을 반짝반짝 채웠다.

시험 인화 작업도 일단락되고 부장의 제안으로 실전에 들어가기 전에 잠시 쉬기로 했다. 암실에서 해방된 모두는 저마다 뭐라고 중얼거리며 앞다투어 나갔다.
목소리가 밝긴 해도 몸은 정직해서 발걸음은 마치 좀비 같았다.
"아아, 역시 올해도 졸려요."
"배고파. 토와가 만든 도시락 아직 남았으려나."
"아, 저 컵케이크 만들어 왔어요. 먹을래요?"
"정말? 먹을래. 모모우 사랑해."
"후후, 쑥스럽네요."
그런 대화를 나누며 두 2학년은 신문부 동아리방으로 갔다.
"아하하하. 꽤 피곤하다."
"응. 피곤해."
"코가네이, 같이 세수하러 가지 않을래?"
"……그래도 돼?"

"내가 먼저 같이 가자고 했는데 안 될 리가 없잖아."

"……응. 갈래."

"아하하하. 그럼 셋이서 갈까."

한편 타카미네와 미야노는 코가네이의 손을 하나씩 잡고서 밖으로 나갔다.

불과 한 달 전까지는 있을 수 없었던 광경이었다.

미야노도 타카미네도 코가네이를 멀리서 볼 뿐이었고, 코가네이도 두 사람을 신경 쓰지 않았었다.

분명 이제 괜찮을 것이다.

저 녀석을 데려오길 잘했다. 큰일을 하나 완수한 기분이 들어서 기지개를 켰다.

뼈에서 뚜둑 소리가 났다.

약간의 해방감이 느껴진 후 피로가 확 몰려들었다.

오전 세 시를 넘긴 시각이었다.

곧 동이 튼다.

어찌 됐든 간에 앞으로 한 시간 뒤면 이 시간은 끝나 버린다.

졸리다. 힘들다. 고단하다. 지금 당장 푹신푹신한 침대에 다이빙하고 싶다. 그런 생각을 몇 번이나 했었는데, 아직 끝나지도 않았는데, 조금 쓸쓸한 기분이 들었다.

축제의 불꽃놀이를 기다릴 때와 비슷했다.

이제부터 시작될 클라이맥스가 기대되면서도 그 뒤에 끝이 있을 것을 알아서…….

하지만 뭐, 축제는 아쉽게 끝나는 정도가 딱 좋다.

마지막으로 암실에서 나오자 하이로 부장이 동아리방에서 약품액을 들여다보고 있었다.

손안에서 온도계가 흔들렸다.

액온을 확인하고 있나 보다.

"그 정도는 내가 해도 되는데."

구부정한 부장의 등에 대고 말했다.

익숙한 아세트산 냄새 속에서 하이로 부장이 온도계를 흔들며 대답했다.

"아니, 오늘 내 역할은 이런 보조니까 신경 쓰지 않아도 돼."

"하지만……."

"정말로 신경 쓰지 않아도 돼. 내가 1학년이었을 때도 선배가 똑같이 해 줬어. 하지만, 그래. 만약 네가 뭔가를 느낀다면 내년에 들어올 후배에게 똑같이 해 줘."

"……그래."

"그리고 아무래도 너를 기다리는 사람이 있는 것 같으니까."

"무슨 말이야?"

"여성을, 심지어 선배를 너무 기다리게 하지 마."

키득키득 웃은 부장이 가리킨 곳.

동아리방의 문 쪽을 보니 토카 선배가 있었다.

눈을 감고 벽에 등을 기대고 있었다.

머리가 앞뒤로 꾸벅꾸벅 움직였다.

왜냐고 묻는 건 멋없는 짓이겠지.

나를 기다리고 있는 것이다.

"그럼 미안. 고마워."

"휴식 시간은 30분이니까 그 전에는 돌아와."

손을 흔드는 부장을 남겨 두고 출구로 갔다.

긴 속눈썹이 달린 눈꺼풀이 굳게 감겨 있고 빨간 입술은 새근새근 작은 숨소리를 내고 있었다. 그런데도 선배는 솜씨 좋게 서 있었다.

너무 무방비했다.

뺨을 만지고 싶다는 생각이 불쑥 들었다.

희고 부드러운 뺨을 쭉 잡아당겨 주고 싶다는, 사춘기도 오지 않은 어린아이가 품을 듯한 욕망.

토카 선배는 화낼까? 토라질까?

아니면 웃으며 용서해 줄까?

그렇게 생각하며 든 손을 뺨이 아니라 어깨로 뻗었다. 그리고 토카 선배의 수마를 털어 내기 위해 천천히 흔들었다.

한 번, 두 번, 횟수를 거듭하자 토카 선배의 새까만 눈동자 속에 빛이 차올랐다.

하지만 아직 그 눈은 흐리멍덩하고 무거웠다.

"아, 토와 군이다. 혹시 나 잤어?"

"1분 정도지만."

"그랬구나. 뭔가 이런 거 좋다."

"이런 거?"

"눈을 떴는데 토와 군이 있는 거. 굉장한 사치야."

"쪼끄만 사치네."

"아니거든~ 아주 큰 사치야. 그날 이후로 네가 있는 내 세계는 줄곧 다채로워."

"토카 선배, 잠 덜 깼지?"

토카 선배의 목소리는 아까부터 줄곧 몽롱하고 열을 띠고 있었다. 뜨거운 느낌이 아니라 따뜻한 느낌의 열이었다.

내가 지적하자 토카 선배는 작게 하품하고서 헤벌쭉 웃었다.

"조금만 더 하면 롤 인화도 끝이네. 수고했어."

"인사하긴 빠르지 않아? 실전은 이제부터야."

"그렇긴 하지. 하지만 토와 군, 뭔가 완수했다는 얼굴을 하고 있는걸."

"그게 뭐야."

나도 그 이유는 알고 있지만 시치미를 뗐다.

"후후. 뭘까? 어쨌든 그건 차치하고 우리도 밖에 나가지 않을래?"

"그래서 날 기다린 거야?"

"응. 분명 밤바람이 기분 좋을 거야."

"좋아. 가자."

"응."

고개를 끄덕인 토카 선배는 당연하다는 듯 내 손을 잡고 복도를 나아갔다.

신문부 동아리방에서 「카미시로, 과식이야」, 「카미시로 양, 그렇게 허겁지겁 먹지 않아도 많이 있어요」 하는 소리가 들려와서 토카 선배와 마주 보고 웃었다.

함께 밖으로 나가자 밤바람이 머리카락을 흔들었다.

신선한 공기를 폐에 가득 담으니 마치 몸의 세포가 다시 태어난 느낌이 들었다. 물론 착각이지만.

정말 그런 느낌이 들었다.

"음~ 기분 좋다."

"그러게."

"아, 토와 군. 저것 좀 봐. 별이 엄청나게 많아."

토카 선배가 맞잡지 않은 쪽 손으로 하늘을 가리켰다.

줄곧 어두운 곳에 있었기 때문인지 우리의 눈은 금세 밤에 적응하여 하늘에 펼쳐진 별의 반짝임을 하나둘 주워 담을 수 있었다.

심야라서 학교에는 불빛도 없었다.

별빛만이 세상을 비추는 길잡이였다.

노란색과 흰색과 오렌지색.

이런 걸 보고 하늘에 별이 가득하다고 하는 걸까.

코가네이가 말했던 2500개의 빛이 우리 앞에 펼쳐져 있었다.

나도 토카 선배를 따라 하늘로 손을 들고 빛을 이었다.

데네브, 알타이르, 베가. 여름의 대삼각형이 반짝이고 있었다. 이 정도는 알고 있으려며 누나에게 배운 별의 연결.

"그건 무슨 자리야?"

"이걸 별자리라고 해야 하는지 모르겠는데, 여름의 대삼각형."

"저게 데네브고, 저쪽이 알타이르였나?"

"반대야."

"······웅. 어어, 오늘은 맑아서 별이 잘 보이네."

얼버무리듯 그렇게 말한 토카 선배에게 「있잖아」 하고 말을 걸었다.

"왜?"

"토카 선배는 정말 사진부에 들어와도 괜찮았던 거야?"

사실은 더 하고 싶은 게 있었던 거 아니야? 그 말은 삼켰다. 하지만 선배는 그걸 분명하게 알고 있었다.

「혹시」 하면서 내 얼굴을 밑에서 들여다보았다.

"히가시야마 선생님이 했던 말이 신경 쓰여?"

"뭐, 그렇지."

토와 군은 정말로 상냥하구나. 기쁜 듯한 목소리가 밤에 녹아들었다.

문득 선배의 목소리가 향한 곳을 쫓아가 보고 싶어졌다.

밤이 살며시 가리고 있는 마음은 과연 어디로 향하는 걸까.

한 발자국 더 내디디면 보이는 게 있을까?

"농구는 3년 가까이 안 했어. 그러니까 농구부에 복귀하는 건 무리야. 열심히 노력해 온 사람을 이길 수 있을 리가 없고, 그런 사람들이 확보한 장소를 예전에 좀 잘했다고 가로채는 건 아니라는 생각이 들어."

"그런가."

"그리고 토와 군은 조금 착각하고 있는 것 같아."

"착각은 하고 있지 않다고 생각하는데."

"있지, 나는 싫으면 싫다고 확실히 말해. 그러니까 이제 카메라도 분명히 좋아해."

"그런가."

아마도 한 걸음, 혹은 두 걸음, 우리는 가까워져 있었다.

코가네이가 「Azure」 콤비와의 거리를 좁힌 것처럼, 나와 토카 선배의 거리도 조금 줄어들었음을 깨달았다.

아래를 보았다.

신코가 약간 닳은 신발이 있었다.

닳은 것은 그만큼의 길을 걸어왔기 때문이다.

그렇다면 분명 앞으로 한 걸음을 내딛는 것은 별일 아닐 터다.

지금까지 그래 온 것처럼 하면 된다.

알고 있는데도 걸음을 내디디려고 하니 심장이 떨렸다.

최후의 용기를 토카 선배가 줬다.

그 작은 머리를 내 가슴에 툭 기댔다.

왠지 간지러웠다.

여자 특유의 달콤한 냄새가 강하게 풍겼다.

"그리고 저번에도 말했지만, 나는 지금 너와 함께 있는 시간이 아주 소중해."

"그건⋯⋯."

무슨 의미냐고 말하려고 했지만 끝까지 내뱉을 수 없었다.

아아, 하는 소리가 났기 때문이다.

목소리를 낸 사람은 미야노였고, 그 옆에서 코가네이가 「뭔데? 뭔데?」 하며 고개를 갸웃했고, 타카미네가 역시나 아하하하 웃었다.

토카 선배는 한 번 손에 힘을 줬다가 스르르 몸을 뗐다.

"아하하하. 선배님들, 밀회라니 뜨겁네요."

"그런 거 아니야. 그저 별을 보고 있었을 뿐이야."

토카 선배가 고개를 저었다.

이에 코가네이가 반응했다.

"별? 오미 토카는 별에 관해 자세히 알아? 나도 좋아해. 별자리 같은 것도 알아."

"그래? 나는 그저 보기만 하지 전혀 몰라. 아, 그래, 코가네이. 괜찮으면 나한테 가르쳐 줄래?"

"응."

고개를 끄덕인 코가네이가 양옆의 두 사람을 데리고 왔다. 그리고 토카 선배와 타카미네 사이에 끼어서 득의양양하게 별에 관해 이야기하기 시작했다.

빛과 연결과—.

그럼으로써 생기는 이야기.

코가네이의 손가락이 덧그리며 목소리가 꾸몄고, 그것을 다 같이 쫓았다.

미야노만이 내 옆에서 뾰로통하게 얼굴을 찡그리고 있었다.

"왜 그런 얼굴이야."

"졸려요."

평소처럼 고집을 부렸다.

그래서 나도 평소처럼 심술궂게 말했다.

"그래? 이렇게 늦게까지 일 시켜서 미안."

"어? 아, 아니, 아니에요."

미야노가 황급히 양손을 휘저었다.

"뭐가 아니야?"

"그러니까, 그건, 그게. 뭐랄까. 사실 카자마츠리 선배도 알고 있죠?"

"뭘?"

"시치미 떼는 거예요?"

토카 선배가 빤히 노려보면 불편하지만 이 녀석이 노려보는 건 조금 기분이 좋았다. 딱히 이상한 성벽에 눈뜬 건 아니다.

왜일까.

"글쎄. 정말로 모르겠는데. 네가 사진을 위해서라면 한없이 노력하는 녀석이라는 거? 마지못해 억지로 일하고 있는 게 아니라는 거? 그래서 아까 졸리다고 한 건 그런 뜻으로 한 말이 아니라는 거?"

실제로 오늘 누구보다 열심히 한 사람은 미야노였다.

누구보다 즐거워 보였던 사람도, 기뻐 보였던 사람도 미야노였다. 그런 녀석이 남 탓하듯 졸리다고 말할 리가 없었다.

물론 분명하게 알고 있었다.

"선배는 심술쟁이야."

아까 토카 선배가 내게 내린 평가와는 정반대였다.

미야노는 그런 조금도 상냥하지 않은 선배의 정강이를 재미없다는 듯 걷어찼다.

퍽 소리가 났다.

조금 아팠다.

하지만 과장되게 아픈 척하기로 했다.

아프다고 떠들면서 폴짝폴짝 뛰었다.

"그렇게 세게 안 찼잖아요."

그게 웃겼는지 미야노가 마침내 키득키득 웃었다. 그 모습을 보니 왠지 즐거워서 나는 더 폴짝폴짝 뛰었다.

"아니, 진짜 아파."

"저는 그렇게 세게 안 찼다니까요."

미야노는 역시나 웃고 있었다.

"어~이, 슬슬 재개하자."

그러고 있으니 복도 반대편에서 하이로 부장의 목소리가 울렸다.

""네~ 지금 갈게요.""

다 같이 대답했다.

짧은 휴식이 이렇게 끝났다.

롤 인화, 실전.

준비됐냐는 분위기를 풍기며 카자마츠리 토와가 모두를 보았다.

다들 고개를 끄덕였다.

이미 주사위는 던져져서 우리가 할 수 있는 일은 이제 아무것도 없지만······.

카자마츠리 토와가 버튼을 누르자 바닥에 깔린 커다란 인화지에 하얀빛이 떨어졌다. 빛은 그가 나와 함께 잘라 낸 세계의 형태를 하고 있었다.

시간이 멈춘 잔잔한 한 장면.

어째서일까. 신기했다.

어째서 그가 찍은 세상은, 그가 보는 세상은 이토록 예쁠까.

이윽고 세팅된 초만큼 시간이 지나자 팟 하고 불빛이 사라졌다.

아마 다들 그랬겠지만 나도 참고 있던 숨을 토했다.

하아아아.

그 소리가 함께 울린 것이 재미있는지 옆에 있던 타카미네 루리가 키득키득 웃었다. 미야노 아오이도 웃었다. 그래서 나도 웃었다.

긴장됐던 공기가 풀어졌다.

"이걸로 완성?"

"그래. 이제 약품액에 담그기만 하면 돼."

인화지를 손에 든 카자마츠리 토와를 따라 암실을 나갔다.

몇십 분 전에 휴식했을 때와는 달리 아무도 긴장의 끈을 놓지 않았다.

암실과 비교하면 넓은 동아리방에는 약품액 냄새가 가득했고 잠이 부족한 상태로 맡으니 조금 속이 안 좋았다.

"일단 마지막으로 액온을 확인해 줘."

카자마츠리 토와가 지시하자 미야노 아오이가 바로 움직여서 확인했다. 안전등으로 그녀의 손을 비추고 있는 사람은 타카미네 루리일 것이다.

둘이서 체크하고 고개를 끄덕였다.

"괜찮아요."

"좋아. 토카 선배는 타이머 담당."

"네."

"다른 사람들은 약품에 인화지를 담그는 걸 도와줘."

다 같이 인화지의 끝부분을 잡았다.

어깨동무했을 때는 뻥 뚫려 있었던 가운데 공간이 지금은 채워져 있었다.

눈에 보이고 만질 수 있는, 우리가 함께 쌓은 확실한 시간의 조각.

"그럼 셋에 간다. 하나, 둘."

""셋!""

구호와 함께 인화지를 천천히 현상액에 담갔다.

얼마간 시간이 흐르고 오미 토카가 신호를 보내자 다 같이 사진을 뒤집었다.

"상이 옅은 부분은 문질러 줘."

그 말을 따라 대나무 핀셋으로 끄트머리 쪽을 문질렀다.

세계의 조각이 서서히 떠올랐다.

그 순간, 그것이 갑자기 찾아왔다.

심장이 쿵 뛰더니 강한 감정이 발끝에서 머리끝까지 순식간에 차올랐다. 어떻게든 참으려고 필사적으로 가슴께를 움켜쥐었지만 소용없었다.

저항할 방도가 없었다.

나는 모두의 옆에서 모두와 똑같은 일을 하며 아마도 혼자만 얼굴을 찡그리고 있었을 것이다. 뜨거운 무언가가 잇따라 빰을 타고 미끄러졌다.

나타난 사진이 아주아주 아름다웠기 때문이다.

거기에는 아무것도 아닌 풍경이 담겨 있었다.

시골 마을의 육교.

매일 볼 수 있는 저녁 한때.

바람이 불고 있다는 걸 육교 위에 있는 인영을 보면 알 수 있었다. 비틀린 구름 틈으로 마치 손을 내밀듯 빛이 내리쬐고 있었다.

소녀는 천사의 날개처럼 머리카락을 나부끼며 웃고 있었다.

어째서일까.

역광이라 새까맣게 칠해졌는데 소녀가 카메라를 보며 웃고 있다는 걸 알 수 있었다.

넘치는 감정이 흑백 세계에 선명하게 감돌고 있었다.

처음으로 카자마츠리 토와의 사진을 봤을 때와 똑같았다.

그가 찍는 사진은 마법처럼 내 눈동자 속에서 색을 띤다.

"굉장해."

"이건 확실히."

"압권이네."

다들 제대로 말을 하지 못했다.

이건 내가 찍은 사진이 아니다.

하지만 모두와 함께 아주 조금 도운 것도 사실이라서…….

기쁘고, 기쁘고, 기뻤다.

소설가인데도 속절없이 기쁘다는 감정만이 흘러넘쳤다. 하지만 부족했다.

온 세상의 모든 말을 다 갖다 써도 이 기분을 정확하게 나타낼 말은 없을 것이다.

몇 번이고 몇 번이고 눈물을 닦고, 코를 훌쩍이고, 나도 모두와 똑같은 감상을 말했다.

"응. 정말 아주아주 예뻐."

그런 사소한 것이 역시 매우 기뻤다.

소설이었다면 이대로 장면이 전환되어 다음 날이 되겠지만 현실은 그렇지 않았다.

우리의 시간은 끊임없이 이어져 있고 우리 대신 정리해 줄 난쟁이 같은 건 없으니까.

정착액에 인화지를 담그고 잠시 후 마침내 불빛이 방을 채웠다.

벅찬 감동과 성취감을 리드줄로 묶은 채 우리는 정리를 시작했다.

고양감으로 잠은 깼지만 몸은 역시 무거웠다.

아마 평상시 성능의 4분의 1도 발휘하지 못하고 있을 것이다.

다른 동아리방에 피난시켜 뒀던 수납장 등을 카자마츠리 토와와 하이로 유우가 옮겼고, 그 옆에서 우리 1학년들은 펌프를 이용해 약품을 탱크에 넣었다.

당연히 그대로 하수구에 버릴 줄 알았는데 약품에는 독성이 있어서 적절한 처리를 해야 한다고 했다.

푸슉푸슉 푸슉푸슉.

그렇게 10분 정도 펌프질을 하고 있으니 짐을 껴안은 누군가가 말했다.

"그게 끝나면 밖에 있는 수돗가에서 인화지를 물로 씻어 줄래요? 정착액에서 뺄 때 휘지 않게 조심해 주세요."

모모우 모모의 목소리였다.

"네. 그럴게요."

"아하하하. 알겠습니다."

미야노 아오이와 타카미네 루리의 대답에 만족했는지 모모우 모모의 머리가 까딱 움직였다. 그리고 아직 암막이 쳐진 창문 쪽으로 아마도 고개를 돌렸다.

"부탁할게요. 슬슬 좋은 걸 볼 수 있을 테니까요."

"좋은 거?"

"네. 좋은 거. 열심히 한 1학년에게 선배가 주는 작은 상이에요. 가장 아름다운 첫 시간을 셋이서 즐기고 오세요. 아, 미야노는 카메라를 가져가는 게 좋을 수도 있어요. 저는 작년에 못 찍어서 조금 후회했거든요."

"네. 알겠습니다."

그 말을 따라 미야노는 카메라를 챙겼고 우리 셋은 인화지 끝자락을 확실하게 잡고서 슬금슬금 복도를 빠져나갔다.

인화지에 남아 있던 정착액이 우리의 발자국이라도 되는 것처럼 동그란 흔적을 남겼다.

미야노 아오이가 문을 열어서 밖으로 나가니 강풍이 불어 당황했다.

으아아, 하고 타카미네 루리가 몸을 움직여 바람을 막아섰다. 그녀의 리본이 바람의 방향과 세기를 나타냈다. 하마터면 모처럼 만든 작품이 엉망이 될 뻔했다.

그대로 천천히 신중하게 수돗가로 가 인화지를 씻고, 그대로 물을 모아 담갔다.

휴우, 셋이서 나란히 한숨을 쉬었다.

무사히 미션 컴플리트.

이제 남은 건 모모우 모모가 말했던 「상」인데.

꼴꼴꼴 떨어지는 물속에서 흔들리는 인화지를 빤히 보고 있으니 내 뒤쪽에서 두 사람이 뭔가 얘기하는 소리가 들렸다.

대화 내용 자체는 대단치 않았다.

타카미네 루리가 미야노 아오이를 놀리고 있을 뿐이었다.

하지만 그 목소리에는 따뜻한 색이 깃들어 있었다. 두 사람은 지금 어떤 표정을 짓고 있을까. 입학한 뒤 오늘까지 기회는 얼마든지 있었는데 나는 저 아이들에 관해 하나도 모름을 새삼 깨달았다.

아주 조금 후회가 돼서 가슴이 아팠다.

찬물에 손을 담그고 있으니 감각이 점점 마비되었다.

"두 사람은 사이가 좋아."

살짝 잠긴 목소리가 나도 모르게 흘러나왔다.

"아하하하. 아오와는 절친이니까."

"있지, 루리."

"응, 그래."

"……저, 저기, 코가네이, 혹시 괜찮으면."

그 순간―.

머리 위에서 떨어진 미야노 아오이의 목소리와 함께 따뜻하고 부드러운 열이 등에 닿았다. 세 그림자가 갑자기 쭉 늘어났다.

"어?"

얼굴을 든 내 눈에 금색이 가득 찼다.

그 빛은 세상을 물들이며 천천히 눈동자에 스며들었다.

바야흐로 지금, 밤이 끝나려고 했다.

먼 산의 윤곽이 붉게 물들고 남색 하늘은 옅어지며 투명해졌다. 밤의 고요한 공기가 빛을 받아 아침의 신선한 대기로 다시 태어났다.

금색과 주황색과 보라색과 파란색과 흰색.

태양이 색을 이끌며, 하늘이, 세계가, 표정을 바꿔 나갔다.

안녕, 세계.

아침에 온 걸 환영해.

나도 일어나서 중얼거렸다.

"twilight."
^트와일라잇

"뭐?"

"이런 여명의 한때를 그렇게 불러."

입 밖으로 꺼낸 말에도 황금빛이 깃들어 있는 것 같았다.

밤이 아직 희미하게 남아 있지만, 아침의 푸른 하늘이 그곳에 있었다.

몸을 쭉 펴고, 눈을 감고, 숨을 들이쉬었다.

그리고 내쉬었다.

—찰칵.

방금 그건 미야노 아오이가 사진을 찍은 소리이리라.

계속해서 셔터를 누르고 있었다. 그 소리에 미야노 아오이의 기쁨 같은 감정이 담겨 있는 것 같아서 조금 즐거워져 나도 모르게 어깨를 들썩이고 말았다.

미야노 아오이가 즐거워하면 나도 즐겁다.

타카미네 루리가 기뻐하면 나도 기쁘다.

이 마음을 나는 뭐라고 부르면 좋을까.

충분히 시간을 두고 눈을 떴다.

옆에 있는 두 사람을 보았다.

그리고 나는 마침내 깨달았다.

나는 웃었다. 하지만 북받치는 감정을 참을 수 없어서 그 웃음은 순식간에 일그러졌다.

파란 눈을 빛이 휘저은 탓이다.

"어? 코가네이, 왜, 왜 그래?"

"아무것도 아니야. 아무것도 아니야."

목소리가 넘쳐흐르며 목이 멨다.

황급히 손으로 얼굴을 덮었다.

그 손 안쪽에서 햇빛과 비슷하게 따뜻한 기쁨이 흘러넘쳤다.

"아무것도 아니라니, 그럼 왜 울어?"

왜 우느냐고?

그건.

아침의 빛 속에서 두 사람의 안개가 조금, 카자마츠리 토와와 비슷하게 옅어져 있었으니까.

계속해서 흘러나오는 것을 닦고 그래도 딱 하나 남은 감정을 움켜쥐고서 이름을 불렀다.

두 사람은 내 옆에 서서 살머시 등에 손을 올려 줬다.

"있지, 미야노 아오이, 타카미네 루리."

""응?""

절친인 두 사람은 역시나 동시에 말했고 그녀들의 뒤에서는 여명의 한때가 아름답게 빛나고 있었다. 그것이야말로 내가 바란 장소였다.

나도 그곳에 갈 수 있을까.

줄곧 먼 곳에 있던 희망이 지금은 손을 뻗으면 닿을 곳에 있는 것 같았다.

심장이 터질 것처럼 큰 소리를 냈다. 아팠지만 그 아픔은 아주 상냥했다.

들이마신 아침 공기를 소원으로 흔들었다.

"나랑—."

하지만 마침 그때, 뒤에서 꼬르륵 소리가 엄청나게 크게 울렸다. 드래곤의 포효인가 의심될 만큼 큰 소리였다.

돌아보니 누군가가 서 있었다.

"풉. 아하하하, 카미시로 선배, 엄청난 소리네요."

"에헤헤헤. 배고파졌어."

그것을 시작으로.

"아아, 이거 굉장한데."

"예쁘다."

그렇게 말하며 동아리관에서 모두가 차례차례 나왔다.

고요했던 공기가 단숨에 떠들썩해졌다.

이런 건 싫지 않다. 싫기는커녕 아주 좋다. 하지만 지금은 아니었다.

조금 전의 분위기는 이미 완전히 사라진 상태였다.

단단히 굳혔던 결심이 주위의 웃음소리와 함께 스르르 느슨해졌다. 내 안을 구석구석 채웠던 신기한 힘이 사라졌다.

대신 엄청난 피로감이 엄습했다.

뭐, 상관없겠지.

안달 낼 필요는 없다.

마음은 분명 이미 전해졌다.

"아, 미안. 코가네이. 하려던 말—."

"아니. 지금은 됐어."

나는 고개를 가로저었다.

그러나 포기한 것은 아니었다.

"하지만 월요일에. 한 번만 더 시간을 줄래?"

아마 왜 부르는지 알았을 것이다.

두 사람은 물론이라고 말해 줬다.

이렇게 나는 마침내 한 발자국을 내디뎠다.

아니, 내디디려고 했다.

모두의 덕분이었다.

오미 토카, 하이로 유우, 모모우 모모, 카미시로 하쿠노.

미야노 아오이와 타카미네 루리.

그리고 카자마츠리 토와.

그런데, 어째서…….

1년 전에도, 지금도.

「절망」은 생각지도 못한 타이밍에 찾아오는 걸까.

제4화

텅 빈 손 안에 있었던 것

1

오늘도 비가 내렸다.

공기를 마시면 당연하게 비 냄새가 났다.

오늘 아침에 본 일기예보에서 예쁜 누나가 아주 환하게 웃으며 저녁에는 그칠 거라고 했는데 6교시가 끝난 지금도 빗발은 거세질 뿐이었다.

그런 내 기분을 대변하듯 뒤에서 「말도 안 돼~」 하는 소리가 들렸다.

왜 거세진 거야. 우산 안 가져왔어? 아니, 가져왔지만 조금은 젖잖아. 하긴, 너는 우산 쓰는 게 서툴지. 우산 쓰는 데 잘하고 못하는 게 어디 있어. 깔깔 웃으며 동급생들은 내 옆을 지나쳐 빗속으로 들어갔다.

그렇게나 투덜거렸으면서 그녀는 이야기에 정신이 팔려 발밑을 조심하지 않았고 한쪽 발이 물웅덩이에 빠졌다. 흙탕물이 첨벙 튀었다.

아아~ 비통한 목소리가 빗속에 섞였다.

옆에서 걷던 친구가 히히히 웃었다.

그래서 그녀도 웃고, 일부러 다른 발도 물웅덩이에 넣으며 친구도 끌어들였다.

두 사람은 불평과 얄미운 소리를 축축한 공기에 듬뿍 담고서 몸을 흔들며 빗속으로 사라졌다.

여느 때와 같은 평범한 방과 후였다.

에이시는 학생회에 갔고, 토카 선배는 언니가 있는 병원에, 하쿠노는 쿠로에가 열이 난다며 후다닥 돌아갔다.

나 혼자만 특별히 예정이 없었다.

하지만 그렇다고 비만 보면서 방과 후를 보내는 건 현역 남자 고등학생으로서 너무 메말랐다. 편의점에 들러 쿠로에한테 줄 젤리라도 하나 사 갈까.

그렇게 생각하며 가방에서 접이식 우산을 꺼내다가 필사적으로 달려가는 두 여자아이를 발견했다.

어라, 저 녀석들 뭐 하는 거야?

의문은 그대로 목소리가 되었다.

"어~이, 너희 뭐 해?"

비를 맞아 머리카락과 교복이 피부에 들러붙은 미야노가 목소리에 반응하여 돌아보았다.

비 너머에 있는 미야노의 눈동자에 뭔가가 맺혀 있었다.

이런 날씨라서 빛은 멀었고, 여러 가지 것들이 그늘 속에 잠겨 있었다.

그래도 알아차렸다.

슬픔과 분노와 초조함.

그런 것들이 엉망진창으로 뒤섞여 있었다.

"감기 걸리겠어."

우산을 쓰고 다가가자 미야노가 젖은 손으로 갑자기 내 멱살을 잡았다. 손에는 강한 힘이 담겨 있었고 미미한 떨림이 느껴졌다.

"카자마츠리 선배, 저기! 코가네이 못 봤, 읍읍."

"아하하하. 아무것도 아니에요."

소리친 미야노의 입을 타카미네가 손으로 막았다.

으읍읍, 미야노의 목소리가 샐 때마다 타카미네는 간지러 워했다. 하지만 「아하하하, 아무것도 아니에요. 아무것도 아니에요」라며 되풀이하는 그 목소리는 점점 작아졌고, 웃고 있는 그 얼굴은 평소 타카미네의 얼굴과 달랐다.

언젠가 누나와 토카 선배가 지었던 표정과 아주 비슷했다.

―가짜 웃음.

빗소리에 섞여 내게 들리지 않을 만큼 작은 목소리로 타카미네가 미야노에게 귓속말했고 그렇게 의사소통한 두 사람은 고개를 한 번 끄덕였다.

타카미네의 젖은 손이 미야노에게서 떨어졌다.

"죄, 송, 해, 요. 아무것도, 아니에요. 그럼, 저희는, 바빠서, 이만. 가자, 루리."

뭐, 누가 봐도 알 수 있는 형편없는 거짓말이었다.

타카미네와 미야노의 하얀 양말은 진흙이 튀어 더러워져 있었다. 흰 셔츠는 속옷이 비쳐 보일 만큼 젖어 있었다.

뺨을 타고 흘러내리는 빗방울이 눈물 같았다.

우산을 기울여 두 사람에게 씌워 줬다.

여자의 뺨이 젖는 것은 어릴 때부터 싫었다.

그걸 닦아 줄 수 있다면 대신 비에 젖더라도 상관없었다.

"카자 선배, 옷 다 젖어요."

"너희도 쫄딱 젖었잖아."

"아하하하. 그래서죠. 저희는 이미 젖었으니 더 젖어도 큰 차이가 없어요."

"그렇지 않아. 그리고 여기서 우산을 씌워 주지 않는다면 누나한테 혼날 거야. 아무튼, 무슨 일이야?"

"……여자의 비밀이에요."

비가 목소리를 지면에 내리쳤다.

발밑은 새까맣고 질척거려 엉망이었다. 그래도 한 걸음 더 내디뎠다. 진흙이 묻을 것은 이미 각오하고 있었다.

그것을 전하기 위해 아까보다 더 강한 어조로 말했다.

"무슨 일이야?"

"말하면 카자 선배는 반드시 참견할 거잖아요."

"그건 들어 봐야 알지."

시간만이 흘렀다.

아마 1분도 지나지 않았겠지만 비에 젖은 침묵은 유독 길었다.

그동안 나는 우산에서 벗어난 미야노의 어깨를 때리는 비를 보고 있었다.

내 앞머리에 맺혔다가 떨어지는 물방울을 보고 있었다.

고민하는 타카미네를 보고 있었다.

괴롭게 다물린 미야노의 입술을 보고 있었다.

이윽고 체념한 타카미네가 알겠다며 백기를 흔들었다.

"카자 선배는 아오가 울었다는 얘기만 듣고도 교실로 날아
온 사람이니까요."

암실에서 두 사람이 옷을 갈아입는 동안, 밖에 있는 자판기
에서 따뜻한 캔수프를 세 개 샀다.

동아리방에 돌아오니 사진부 작업복으로 갈아입은 두 사람
이 의자에 앉아 고개를 숙이고 있길래 눈앞에 캔을 놓았다.

탁 소리는 났지만 두 사람은 반응하지 않았다.

맞은편 의자에 앉아 말했다.

"내가 사는 거야."

"……감사합니다."

"몸이 차니까 뜨거울 때 먹어."

"네."

그러면서 두 사람은 캔을 잡긴 했지만 따개를 건드리지 않
았다.

텅 빈 무언가를 채우듯, 차갑게 식은 손바닥을 데우듯, 꽉
잡고 있을 뿐이었다. 나 혼자만 수프를 먹고서 과장되게 앗뜨
하고 외쳤다.

캔 가장자리에 숨을 후우 불고 재도전.

열기가 목을 지나 위장에 도달했다.

마치 태양을 삼킨 것처럼 뜨끈뜨끈했다.

"카자마츠리 선배, 뜨거운 거 못 먹나 봐요?"

"뭐, 그렇지. 너희도 조심해."

작게 웃은 미야노가 뭔가를 결심한 듯 「잘 먹겠습니다」라고 말한 뒤 마침내 수프를 먹었다. 후우. 뜨거운 숨이 빨간 입술 사이로 새어 나왔다.

"맛있어요."

"그거 다행이네. 그럼 슬슬 코가네이에 관해 물어도 될까?"

미야노를 보자 그 시선은 타카미네에게 갔다.

그래서 타카미네가 이야기해 줬다.

미야노처럼 수프를 조금씩 먹으며 하나하나 설명했다.

수업 끝나고 만나기로 코가네이와 약속한 것.

동아리방에서 만나기로 한 것.

"하지만 코가네이가 안 와서 저희는 일단 교실에 돌아갔어요."

그때 이미 모든 것은 시작되었고 끝난 상태였다.

코가네이가 「잔잔한 마을에서 노래해」의 작가인 「소라우미」라는 게 들통났고 그녀의 눈앞에서 그 소중한 책이 북북 찢겼다.

책을 찢은 사람은 학급의 여자 보스 같은 녀석이었다.

처음에 여자 보스는 살짝 놀리는 분위기로 코가네이에게 말을 걸었다. 하지만 사교성이 없는 코가네이에게는 그것을 받아넘길 만한 스킬이 없었다.

아니, 코가네이가 아니라 다른 사람이었어도 무리였을 것이다.

소중한 것을 놀렸다.

냉정해질 수 있을 리 없다.

언성을 높이며 여자 보스가 들고 있던 「잔잔한 마을에서 노래해」로 손을 뻗었다.

그것을 여자 보스는 놓치지 않았다.

코가네이가 먼저 쳤다는 분위기를 만들었다.

"그 녀석이 소라우미라는 걸 어떻게……."

"인터넷으로 「잔잔한 마을에서 노래해」를 조금만 자세히 검색해 보면 사진이 나오거든요. 장수는 많지 않지만, 데뷔할 때 인터뷰를 했으니까요. 아마 누군가가 우연히 그걸 발견해서……."

이야기를 듣다 보니 머릿속에 피라미드가 떠올랐다. 그 피라미드에는 여러 계층이 있고, 각각 사람이 살고 있다.

최하층의 인원수가 가장 많다.

그리고 위로 갈수록 선택받은 인간만이 남는다.

피라미드의 최상층은 1인실이다.

여자 보스는 그곳에 있었고 분명 그곳의 전망이 마음에 들었을 것이다. 나는 잘 모르겠다. 혼자서 보는 경치가 그렇게 좋을까? 누군가를 밀어내면서까지 매달리고 싶어질 만한 것일까?

역시 잘 모르겠다.

가치관의 차이이니 분명 평생 이해할 수 없을 것이다.

다만 알 수 있는 것도 있었다.

그 여자 보스는 자신의 입장을 지키기 위해 힘의 차이를 과시하듯 코가네이의 소중한 것을 찢었다.

하찮은 녀석들의 하찮은 자존심을 지키기 위해 코가네이가 쓴 책은 찢어졌다.

애초에 그 외모다.

지금까지 시비를 걸지 않은 것은 아마 무해하다고 여겼기 때문이리라. 교실 구석에서 줄곧 책만 읽었다고 했고…….

하지만 최근 코가네이는 시련을 클리어하기 위해 눈에 띄는 행동을 했다.

주목을 모으기 시작했다.

그 타이밍에 코가네이가 인기 작가인 「소라우미」라는 사실이 발각됐다면…….

분위기에 민감하고 영리한 여자 보스는 감각적으로 이해했을 터다.

역학 관계가 단숨에 역전되어 버린다.

군중의 반란으로 누군가가 추대되면 결과적으로 지금 최상층에 있는 여자 보스는 끌어내려진다.

코가네이가 바라지 않더라도 그렇게 된다.

그런 것은 본인의 뜻과 상관이 없었다.

핵병기도 그랬다.

소지하기만 해도 위협이 된다.

무시할 수 없다.

그래서 공격당했다.

모난 돌이 정 맞는다는 속담이 있는데 이번에 모난 돌은 코가네이였다.

세게 맞았다.

코가네이는 일어나지 못했다.

이 세상은 그렇게 생겨 먹었다.

물론 알고는 있었다.

불합리하다고 한탄해 봤자 어쩔 도리가 없음을…….

아무리 조심해도 사고를 당할 때가 있고, 열심히 착한 일을 해도 손해 보는 역할을 맡을 때가 있다. 노력해도 열매를 맺지 못할 때가 있다.

하지만 그걸 간단히 받아들일 수 있느냐고 묻는다면 그렇지는 않았다.

어느새 세게 움켜쥔 손에 손톱이 파고들고 있었다.

자리에서 일어나자 의자 다리가 바닥에 끌렸다.

출구로 가기 위해 한 발자국을 내디뎠다.

방금 먹은 수프보다도 뜨거운 것이 내 위장 속에서 질척하게 꿈틀거렸다.

분노였다.

슬픔이었다.

"어디 가려고요?"

미야노가 그렇게 말했다.

"그 여자 보스, 너희 반에 아직 있어?"

"교실에 가서 어쩌려고요?"

"모르겠어. 모르겠지만, 이런 건 이상하잖아. 최악에는 때려서라도……."

나는 분노에 몸을 맡기려고 했다. 확실하게 말해서 냉정하지 못했다. 뭘 하면 좋을지 알 수 없었다. 어떻게 움직이는 것이 정답인지 알 수 없었다. 그래도 몸을 움직이는 충동을 억누를 수 없었다.

감정에 지배되어 있었다.

그런 힘의 격류에 한 번 삼켜지면 혼자서는 떠오를 수 없다.

휩쓸리거나 가라앉거나.

둘 중 하나뿐이다.

나는 움켜쥔 주먹의 손끝까지 차오르는 거무칙칙한 감정을 부딪칠 곳을 찾았고…….

—싫어.

하지만 그런 나를 말려 주는 사람이 있었다.

미야노였다.

떨리는 손으로 내 셔츠 자락을 잡고 있었다. 그것은 내 손안에 담긴 감정보다도 연약했지만 어째서인지 뿌리칠 수 없었다.

"싫어. 싫어요. 그런 짓 하면 안 돼요. 또 카자마츠리 선배가 많은 욕을 들을 거예요. 지금보다 더 많이, 들을 거야."

돌아보니 예쁜 얼굴이 일그러져 있었다.

눈에 눈물이 맺혀 있었다.

내가 울린 것은 명백했다.

미야노의 감정에 반응한 것처럼 비가 더 거세졌다.

"어째서야 미야노. 왜 네가 울어."

"선배야말로 왜 그런 짓을 하려고 해요? 항상 그래. 자기가 「텐구 군」이라고 불리는 건 참을 수 있으면서, 왜 다른 사람이 상처받는 건 못 참아요? 왜!"

미야노는 내 어깨에 머리를 붙이고 주먹으로 가슴을 때렸다.

"왜 모르냐고요!"

퍽 소리가 났다.

아팠다. 매우 아팠다.

정강이를 걷어차인 것보다 몇 배는 더 아팠다.

"아파요?"

"그래."

"저는 그보다 백 배는 더 아파요."

"뭐?"

"선배가 무시당해서 상처받는 건 선배뿐만이 아니에요."

세게, 세게, 가슴을 때렸다. 하지만 이제 아프지 않았다. 더 아픈 곳이 있었기 때문이다.

가슴의 표면이 아니었다.

안쪽이 뜨거웠다.

나는 아무런 대꾸도 하지 못했다.

그때 타카미네의 스마트폰이 진동했다.

네, 하고 타카미네가 바로 전화를 받았다.

대화 내용은 들리지 않아서 가만히 타카미네의 입술만을 쫓았다. 응. 그렇구나. 알겠어.

짧은 대화를 마친 타카미네는 마지막으로 고개를 끄덕이며 고맙다고 했다.

스마트폰이 타카미네의 작업복 주머니로 쏙 들어갔다.

나와 미야노의 시선을 받고 타카미네가 보고했다.

"코가네이는 제대로 집에 돌아간 모양이에요. 정보를 제공받았어요. 아무튼 오늘은 여기까지네요."

"하지만……."

"하지만, 어쩌려고요? 조금 냉정하지 못한 것 같으니까 분명하게 말하는데, 카자 선배가 날뛴다고 사태가 해결되나요?"

한 번도 들어 본 적 없는 고아한 목소리였다.

"그건……."

대답할 수 없었다.

그것이야말로 확실한 대답이었다.

"쓸데없이 모두가 상처 입을 뿐이에요. 아오가 더 울 뿐이에요. 그러니까 하지 마세요. 아오를 울린 거, 저는 용서하지 않았어요."

"그렇다면 적어도 코가네이한테……."

"가서 뭔가 할 수 있나요? 상처 입은 그 아이를 구할 말이 있나요?"

"그럼 너희는……."

아무렇지도 않냐고 말할 수는 없었다.

타카미네의 얼굴이 일그러져 있었다.

이 녀석도 답답한 것이다. 분한 것이다. 슬픈 것이다.

그것을 필사적으로 참고 있었다.

미야노도 마찬가지였다.

나보다 이 녀석들이 훨씬 더 어른이었다.

나는 코가네이에게 아무것도 해 줄 수 없다.

말 한마디조차 건넬 수 없었다.

"……미야노, 나 줘."

기껏해야 이런 말을 하는 게 고작이었다.

"하지만……."

"괜찮아. 머리 식었으니까."

거짓말이었다.

아직 내 안에서 감정은 소용돌이치고 있었다.

하지만 나는 이제 주먹을 휘두를 곳을 알지 못했다.

자신의 무력함이 싫어졌다.

2

나는 사흘간 방에 틀어박혀 있었다.

아무것도 안 하고 바닥에 주저앉아, 딱딱하고 차가운 바닥
에 엉덩이를 붙이고서 마치 장식품처럼 가만히 있었다.

내 시선은 줄곧 방구석에 쌓인 「잔잔한 마을에서 노래해」에
가 있었다.

이 소설을 쓴 계기는 정말로 사소했다.

철이 들었을 때, 나는 이미 혼자였다. 친구 같은 건 한 명도
없었다. 원래부터 말재주가 없기도 했고 첫 따돌림으로 거절

당하는 공포가 깊이 새겨져 있기도 했다.

처음부터 아무렇지도 않은 것은 아니었다.

하지만 점차 참을 수 있게 되었다.

혼자서 줄곧 책만 읽는 나날이 좋지는 않았지만 나쁘지도 않았다.

하지만 귀갓길에 가끔 같은 반 아이들의 웃음소리가 들릴 때가 있었다. 발을 멈췄다. 아이들은 나를 알아차리지 못했다. 그저 즐겁게 웃고 있었다. 가라앉는 태양의 황금색 원 안에는 많은 그림자가 있었다. 역광이라 얼굴은 알 수 없었다.

그래서 이름도 알 수 없었다.

그저 반짝거렸다.

한 명이 말했다.

내일 또 봐.

한 명이 대답했다.

응, 내일 보자.

그 아이들은 그렇게 헤어졌지만 줄곧 혼자가 아니었다.

나만 혼자였다.

아아, 좋겠다.

즐거워 보여.

학교 끝나고 다른 곳에 들르거나.

똑같은 물건을 가지거나.

마치 텔레비전을 보는 것 같았다.

손을 뻗으면 닿을 것 같은데 그것은 아주 먼 곳에 있었다.

내가 없는 세계는 아름다웠다. 어째서 나는 그곳에 없는 걸까. 갈 수 없는 걸까. 그런 생각이 들 만큼 아름다웠다.

그런 작은 동경을 나는 소설이라는 형태로 토해 냈다.

그래서 「잔잔한 마을에서 노래해」는 내 이야기였다.

나 자신이었다.

그런 내 이야기가 북북 찢겼다. 같은 반 여자아이였다. 얼굴도 이름도 모르는 아이. 거느린 아이가 잔뜩 있었다.

어째서 일이 이렇게 됐는지 전혀 모르겠다. 소라우미라는 것을 들켰고 「잔잔한 마을에서 노래해」를 놀렸고……

그만 놀렸으면 해서 따지며 다가가자 제일 앞에 있던 아이가 갑자기 뒤로 넘어졌다. 검은 머리카락이 확 펼쳐졌다. 나는 건드리지도 않았다.

그 이후의 분위기는 줄곧 기분 나빴다.

차갑고, 질척거리고, 피부에 들러붙는 느낌이었다.

넘어진 아이 주변에 있던 아이들이 일제히 나를 힐난하기 시작했고, 반박하자 마치 넘어뜨린 것을 복수하듯 일어나서 책을 찢기 시작했다. 나는 더 이상 아무 말도 할 수 없었다. 눈앞의 현실을 부정하기만도 벅찼다.

책을 절반 정도 찢자 지쳤는지 바닥에 떨어뜨렸다.

너덜너덜해진 「잔잔한 마을에서 노래해」로 즉각 손을 뻗었지만 그보다 빨리 짓밟히고 말았다. 닿지 못한 손 너머에 조금 지저분한 실내화가 있었다. 발을 치운 그 아이는 책을 걷어찼다. 바닥을 미끄러져 책상에 부딪친 책은 멀리 굴러갔다. 손이 닿지 않았다. 카자마츠리 토와가 찍은 사진에 흠집이 났다.

내 이상(理想)이 일그러졌다.

나를 둘러싼 모두가 나를 빼고 즐겁게 웃고 있었다.

감정이 쭈뼛 곤두섰다.

무언가가 찢어지는 소리가 났다.

그것이 내가 외치는 소리임을 깨달은 것은 목이, 가슴이 몹시 아팠기 때문이었다.

"아, 아아."

어둡고 미운 마음이 흘러넘쳤다.

그것은 내 감정을 나타내듯 천천히 침식해 나갔고.

내가 그 아이들의 존재를 부정할 때마다 안개가 커지고 넓어져서.

결국 안개는 모든 것을 삼켜 버렸다.

점도가 강한 짙은 안개였다.

보고 싶지 않은 것을 덮고 있었다.

그제야 알 수 있었다.

안개는 내 마음이었다.

누군가의 마음과 가까워질수록 옅어지고 멀어지면 짙어진다. 카자마츠리 토와가 특별했던 것은 만나기 전부터 내가 그에게 아니, 그의 사진에 끌렸으니까.

그리고 카자마츠리 토와와 친구가 되지 못한 것은 1년 전에 내가 내민 책을 그가 받아 주지 않았기 때문이다.

그 사실에 화가 나지는 않았다.

토라지지도 않았다.

그건 정말이다.

다만 우리의 시작은 「잔잔한 마을에서 노래해」였기에 그 책을 받아 주지 않는 한은 그 이상 앞으로 나아갈 수 없는 것이다. 그리고 그러기 위해서는…….

사고를 떨쳐 냈다.

그만두자.

분명 이제 의미가 없는 일이다.

무릎을 세우고 이마를 댔다. 다 마른 줄 알았는데 눈물은 멈추지 않았다. 가슴의 통증은 멈추지 않았다.

몇 번을 경험해도 아픈 것은 아팠다.

이윽고 사람은 아픔 앞에서 일어서지도 못하게 된다.

사람은 줄곧 혼자 서 있을 수 있을 만큼 강하지 않았다.

그날 이후로 코가네이는 한 번도 학교에 오지 않았다.

그사이에 코가네이의 정체는 전교에 퍼졌다.

재미있어하는 녀석이 있었고, 업신여기는 녀석이 있었고, 추

켜세우는 녀석이 있었다.

코가네이가 펼쳤던 여러 기행이 다시 화제에 오르며 재미있는 이야기로 전달되었다. 코가네이를 멀리서 보던 녀석들이 이때다 싶었는지 아무렇게나 말을 퍼뜨리고 있는 것 같았다.

「Azure」가 어떻게든 하려고 노력하고 있는 듯했지만, 코가네이 자신이 그 화제를 언급하지 않으니 ─ 애초에 모습을 나타내지 않으니까 ─ 다들 제멋대로 떠들어 댄다며 보기 드물게도 타카미네가 푸념했다.

나는 아무것도 하지 않았다.

생각 없이 나서면 괜히 이야기만 복잡해지니까 가만있으라고 말렸기 때문이다. 어차피 카자 선배는 여자한테 손찌검 못해요. 말싸움도 약하니까 악평만 생기고 끝이에요. 타카미네의 가차 없는 말은 정곡을 찔렀다.

실질적으로 전력이 안 된다는 통지였다.

진짜 한심하네.

오늘도 비가 내렸다.

여전히 무거워 보이는 구름이 하늘을 뒤덮어 그 너머에 있는 태양을 가리고 있었다.

기상 캐스터 누나가 오늘이야말로 저녁에 비가 그칠 거라고 했던가. 힘껏 주먹을 쥐고 있었다. 최근에는 매일 그런 느낌이었다. 지금 상태를 보면 오늘도 그치지 않을 듯했다.

사진부의 접이식 의자에 앉아 유리창에 생기는 비의 궤적을 멍하니 바라보고 있으니 문이 열렸다.

이어서 불이 켜졌다.

"불 정도는 켜는 게 어때요?"

돌아보니 인공 불빛 아래에서도 얼굴이 어두운 두 후배가 서 있었다.

"오늘도 왔어? 알바 안 가도 돼?"

"안 되죠. 아프다고 핑계 댔어요."

미야노가 힘없이 웃었다.

"그런가."

"네."

그날 이후로 미야노와 타카미네는 코가네이와 한 약속을 지키려고 매일 동아리방에 오고 있었다. 성실한 녀석들이었다. 코가네이가 학교에 안 왔다는 것을 잘 알면서도 그 녀석이 오기를 기다리고 있었다.

책상을 사이에 두고 맞은편 의자에 두 사람이 앉는 기척이 느껴졌다.

"교실 분위기는 어때?"

크게 관심은 없지만 물어봤다.

미야노가 대답했다.

"특별히 바뀐 건 없어요. 지금도 여자 보스는 여전히 여자 보스예요. 오히려 그 아이의 권력이 조금 강해졌을지도 모르겠네요. 뭐랄까, 아무도 거역하지 못한다고 할까요. 본보기처럼 되었으니까요."

이런 걸 뭐라고 하더라. 아아, 그래. 순위제다. 요컨대 서열이 확실하게 세워진 것이다.

여자 보스는 코가네이를 이용하여 자신의 지위를 견고히 다졌다.

코가네이가 모두의 동정을 사는 쪽으로 잘 처신했다면 결과는 달라졌겠지만 그게 가능했다면 그 녀석은 더 빨리 친구를 만들었으리라.

분명 그 부분도 계산했을 것이다.

"진짜 잘 생각했네."

나직이 말했다.

두 사람은 못 들은 것처럼 아무 대답도 하지 않았다.

그 뒤로는 그저 시간만이 흘러갔다.

어제, 그제와 똑같았다.

동아리관은 조용하여 빗소리와 종소리만 들렸다. 맑았다면 시간을 새기는 초침의 발소리가 들렸을 수도 있지만 그런 건 빗소리에 지워져 버렸다.

타카미네는 가지고 온 노트북으로 줄곧 작업을 했다.

미야노는 카메라 잡지의 최신 호를 읽고 있었다.

나는 잠깐 잤다.

꿈은 꾸지 않은 것 같다.

종소리가 울리고 세 사람이 동시에 얼굴을 들었다.

빠르게 울리던 타자 소리가 멎었다. 타카미네가 자리에서 일어나 응~ 하고 기지개를 켰다.

미야노는 잡지를 덮고 책장에 꽂았다.

그때였다.

미야노가 불쑥 말했다.

"왜 이렇게 됐을까. 이「황금색 풍경」을 인화했을 때는 그렇게나 즐거웠는데."

목소리가 들린 쪽으로 고개를 돌리니 미야노는 다 같이 인화한 사진을 보고 있었다.

「잔잔한 마을에서 노래해」의 표지를 본떠서 찍었지만 조금 다른 한 장.

건조를 끝내고 확실하게 화판 처리까지 마친 상태였다.

"뭐?"

나도 모르게 목소리가 새어 나왔다.

방금 미야노는 뭐라고 했지?

"잠깐만. 어째서 이게「황금색 풍경」이야?"

"예? 그야."

미야노가 어리둥절해하며 고개를 갸웃했다.

"카자마츠리 선배, 혹시「잔잔한 마을에서 노래해」를 안 읽었어요?"

고개를 끄덕이고 방금 한 말의 뜻을 가르쳐 달라고 하자 미야노는 스포일러를 신경 쓰면서도 알려 줬다.

「잔잔한 마을에서 노래해」는 이런 이야기였다.

노래 말고는 재능이 없는 외톨이 소녀.

그녀는 어느 날 집에 가다가 즐겁게 하교하는 같은 반 아이들을 본다. 가라앉는 저녁 해. 까만 실루엣들. 누군가의 웃음소리.

그것이 소녀의 눈에 이렇게 보였다.

「황금색 풍경」.

손을 뻗으면 닿을 듯한 거리인데, 그녀에게는 지상과 우주만큼 떨어져 있는 것처럼 느껴졌다.

고독한 소녀는 자신도 그 세계에 도달하고 싶다고 바란다.

"하지만 헛돌기만 해요."

서툰 바보야. 하지만 사랑스러워. 미야노의 목소리에는 그런 울림이 담겨 있었다.

"덜렁이야?"

"아뇨. 그런 게 아니라. 아니, 덜렁거리기는 하지만. 소녀는 줄곧 외톨이였기에 친구를 만드는 것의 의미를 이해하지 못했어요. 몰랐던 거예요. 빛의 온도도, 감촉도, 그곳에 있는 누군가가 누구인지를……."

소녀는 눈동자에 새겨진 「황금색 풍경」에만 사로잡혀서, 실루엣에만 시선을 빼앗겨서, 거기서 즐겁게 웃고 있는 사람들 자체에게는 관심을 보이지 않았다. 그저 많을수록 좋다고 생각했다.

나쁘게 말하자면 물건과 같았다.

곁에 두기만 해도 세상이 빛날 거라고 착각하여 각각의 얼굴도, 이름도, 성격도, 반짝임도 몰랐다.

알려고 하지 않았다.

고독에서 건져 올려 준다면 누구든 좋았다.

그래서, 하고 미야노는 조금 쓸쓸하게 웃었다.

"『누구든』은『특별』해질 수 없었어요."

모자란 학생을 보는 듯한, 그 서툰 모습을 사랑스럽게 여기는 듯한 조금 곤란해하는 빛이 미야노의 웃는 눈에서 일렁거렸다.

소녀는 특별함을 몰랐다.

그래서 계속 고독했다.

그것은 어딘가에서 누군가가 수없이 반복했던 일이라서…….

누구의 이름도 알려고 하지 않았던 여자아이와 이야기의 소녀가 겹쳐져서…….

"슬픈 이야기네."

아니요. 어째서인지 미야노는 고개를 저었다.

"그래도 소녀는 분명하게 남자아이와 만나요. 「잔잔한 마을에서 노래해」에 나오는 이름은 그 아이의 이름뿐이에요. 그러니까 그녀는 마지막에 「특별함」을 손에 넣은 거예요. 본인은 눈치채지 못했지만요. 독자는 알아요. 왜냐하면 카자마츠리 선배가 찍은 사진이 있으니까요."

이미 수없이 본 그 표지 사진을 다시 한 번 머릿속에 떠올려 보았다.

새까만 누군가가 분명하게 웃고 있음을 알 수 있었다. 곁에는 한 남자아이가 있고 세계는 태양 속에서 빛에 물들었다.

그곳에는 두 명이 있었다.

혼자가 아니었다.

"소녀는 자신도 모르는 사이에 「황금색 풍경」에 확실히 도달한 거예요."

"하지만 그럼 어째서 이 사진도 「황금색 풍경」이야? 한 명만 찍혀 있잖아."

카자마츠리 선배도 눈치채지 못한 건가요? 미야노가 의미심장하게 웃었다.

"이 사진 건너편에 「특별」한 사람이 확실하게 있잖아요. 그렇기에 코가네이는, 아니. 사진 속 여자아이는 이토록 즐겁게 웃고 있는 거예요."

아아, 그랬구나.

그런 걸로 좋았던 건가.

사진 건너편, 즉 소녀가 보는 곳에는 미야노가 말한 대로 셔터를 누른 「누군가」가 있었다. 나는 알고 있다. 미야노와 타카미네도 알고 있다. 코가네이도 사실은 알고 있을 터다. 나처럼 눈치채지 못했을 뿐이다.

왜냐하면 그곳에 있는 것은······.

"······마지막으로 하나."

"뭐죠?"

"만약 코가네이가 학교에 와서 비슷한 일이 또 일어나면 어쩔 거야?"

"지난번에는 늦고 말았지만 다음번에는 지킬 거예요. 아니,

아니지. 그게 아니야. 같이 싸울 거예요. 같이 울고, 충분히 상처받고, 마지막엔 웃을 거예요. 물론 함께."

타카미네가 미야노 옆에 섰다.

"아하하하. 맞아. 하지만 그렇기에 우리는 여기서 코가네이를 기다리고 있어요. 약속을 완수하지 못해서 우리는 우리「들」을 시작할 수 없어요."

이상한 말이라고 생각했지만 타카미네의 마음은 충분히 전해졌다.

첫 우리는 미야노와 타카미네.

그리고 마지막 우리들은 코가네이를 포함한 세 명이다.

그렇다면 이미.

코가네이도 똑같지 않을까.

그 녀석이 눈치채지 못했을 뿐, 그 손에는 이미 전부 있지 않을까.

롤 인화 때가 생각났다.

미야노와 타카미네와 함께 있었다. 그 한순간에 확실하게 빛은 깃들어 있었다. 그래, 나는 이제 그 녀석은 괜찮으리라고 생각했었다.

나는 일어나서 한 손을 미야노에게 뻗었다. 흐에, 하고 괴상한 소리가 작게 울렸다. 다른 손을 타카미네 쪽으로. 어이쿠, 하고 드물게도 당황한 목소리가 들렸다.

그대로 두 사람을 껴안았다.

따뜻했다.

부드러웠다.

좋은 냄새가 났다.

확실하게 기억해 둬, 카자마츠리 토와.

이게 코가네이에게 제시할 수 있는 희망의 형태야.

이제 손안에 있는 것은 분노도 슬픔도 아니었다.

그러니까 분명 나는 움켜쥔 주먹을 풀고 그 녀석에게 손을 내밀 수 있을 것이다.

"뭐, 하는 거예요?"

미야노의 떨리는 목소리가 몸을 통해 전해졌다.

"지금 내가 그 녀석을 데려올게. 걱정하지 마. 잘 해낼 테니까. 그러니 조금 에너지를 충전하게 해 줘."

「아하하하, 당당한 성희롱이네요」 하고 타카미네가 웃었다.

"이번에야말로 다 같이 80센티미터 파르페를 먹으러 가자."

같은 타이밍에 두 손이 내 등에 꽉 둘러졌다.

"거기엔 코가네이도 포함되는 거죠?"

"당연하지."

"카자마츠리 선배가 사는 거고요?"

"물론이야."

"그렇다면, 좋아요. 조금만 참아 줄게요."

미야노가 그렇게 선심 쓰듯 말했기에 타카미네와 둘이서 웃었다.

눈을 감으니 품속의 온기가 더 가까이 느껴졌다.

언제인지 모를 누나와의 추억이 갑자기 생각났다.

그날은 웬일로 누나의 기분이 좋아서 내가 가져간 사진을 굉장히 칭찬해 줬다. 누군가가 병문안 선물로 가져왔다는 과자를 둘이서 먹고 있을 때 활짝 열린 창문으로 바람이 들어왔다. 여름의 바람이었다.

숨 쉬기 힘든 열기 속에서 바람이 매끄럽게 폐로 들어왔다.

침대에 앉은 누나가 나를 보며 눈을 접었다.

아아, 누나는 어째서 그날 그렇게 상냥한 눈으로 나를 보았던 걸까.

어째서 나는 지금 그 장면을 떠올리고 있는 걸까.

충분히 시간을 두고 눈을 떴다.

분명 괜찮다.

그렇잖아?

이미 우리는 전부 가지고 있으니까.

3

초인종을 연타했다.

그저 계속 눌렀다.

코가네이가 나올 때까지 계속할 생각이었다.

1분이든, 10분이든, 한 시간이든.

전해야 할 것이 있었다.

"코가네이, 집에 있지?"

대답은 없었다.

다시 연타.

잠시 후, 문 너머에서 쿵 소리가 났다.

"뭐 하는 거야?"

조금 불분명하게 들렸지만 코가네이의 목소리였다.

"이웃에 민폐야."

"네가 바로 안 나오니까 그렇지."

"뭐 하러 왔어?"

"네가 좀처럼 학교에 안 와서 데리러 왔어."

"난 이제 못 가."

안 가는 게 아니라 못 간다고.

코가네이는 그렇게 말했다.

떨리는 목소리를 무마하듯 아까보다 더 강한 쿵 소리가 났다. 그대로 뭔가가 주르륵 미끄러지는 소리가 이어졌다.

분명 문에 등을 기대고 주저앉았을 것이다.

나도 따라 하기로 했다.

등을 맞댔을 텐데 등에 느껴지는 것은 딱딱하고 차가운 문의 감촉뿐이었다.

그 문을 억지로 열어야만 코가네이가 얼굴을 내밀 것이다.

"이것저것 들었어. 책이 찢어졌다며."

올려다본 회색 하늘에서 비가 선이 되어 내리고 있었다.

외부 복도의 난간에 떨어져 튀었다.

그렇게 세분화된 비의 아주 작은 방울 하나가 내 신발 앞에 떨어져 검은 얼룩이 되었다.

나는 공연히 발을 한 걸음 앞으로 내밀었다.

신발로 가려 버렸다.

"친구와 한 약속을 포기하는 거야?"

"……."

"새로운 친구를 만드는 거, 포기하는 거야?"

"……."

"한 번 더 힘내 보지 않을래?"

"……무리야."

"왜?"

"……안개가, 짙어졌어. 책이 찢어진 순간, 머리가 새하얘졌고, 같은 반 애들의 얼굴뿐만 아니라 몸까지 안개에 덮여서. 사람인지도 알 수 없게 됐어. 분명 이 안개는 내 마음이야. 누군가에게 다가가면 옅어지고, 멀어지면 짙어지는 거야."

"내 안개가 처음부터 옅었던 건……."

"원래부터 내가 당신에게 관심이 있었으니까. 그래서 당신만큼은 처음부터 특별했어. 하지만 그 특별함이 점점 늘어났어. 미야노 아오이와 타카미네 루리와도 친구가 되고 싶다고 생각했어."

"친구가 되면 돼."

"약속, 깨 버렸어. 분명 화났을 거야. 저번과 똑같아. 저번에도 말을 걸어 준 아이가 있었어. 하지만 한 명이 떠나자 다들 떠났어. 나는 또 기회를 놓쳤어. 무서워. 당신과 그 두 사람의 안개도 진해졌으면 어쩌나 싶어서 무서워. 움직일 수 없어."

마치 누군가에게 사죄하듯 코가네이는 중얼거렸다.

아니, 실제로 사죄하고 있을 것이다. 뭔가를 약속했다는 친구에게—.

자신이 이 이상 힘내지 못하는 것을······.

"약속을 위해 한 번만 더 힘내자고 생각한 건 사실이야. 하지만, 일이 이렇게 돼서, 외톨이라서. 나는 이제 힘낼 수 없어."

나는 숨을 들이쉬었다.

여전히 비 냄새가 진했다.

그것을 날려 버리고 싶었다.

예전에 코가네이는 확실히 누군가와 괴로움을 나누지 못했을지도 모른다. 누군가와 슬픔을 공유하는 방법을 몰랐을지도 모른다.

우리가 보통 아무렇지도 않게 가지고 있는 「특별」한 사람과 만나지 못했을지도 모른다. 「친구」라는 라벨이 붙은 「특별함」을······.

그 결과, 감정을 짜증으로 바꾸어 외쳤고, 빈축을 사서 외톨이가 되었다.

하지만 그건 전부 과거의 코가네이다.

지금 이 녀석은 다르다.

이제 누군가가 아니었다.

확실하게 이름을 가진 녀석들이 코가네이 안에서 숨 쉬고 있었다.

그래서 나는 이렇게 말할 수 있었다.

그렇지 않다고.

코가네이에게는 이제 손을 내밀어 줄 녀석이 있다.

"미야노와 타카미네가 말을 전해 달라고 했어."

전해 달라고 하지는 않았지만 비슷한 거겠지.

그때, 미야노는 확실히 코가네이를 향해 말했었다.

"의지해 준다면 같이 싸울게. 같이 울게. 그리고 마지막에는 같이 웃자. 그 녀석들은 그렇게 말했어."

"……."

"그렇게, 말했다고. 코가네이, 너는 줄곧 멀리 있어서 몰랐던 거야. 각각의 얼굴도 이름도, 온기도. 하지만 이제 아니잖아. 너는 알고 있어. 부를 이름도, 잡은 손의 따뜻함도. 너는 이제 그걸 알 수 있을 만큼 가까이에 있어. 롤 인화 때, 네가 그렇게 말했잖아. 그러니까 앞으로 한 걸음. 한 걸음이면 돼. 분명 그러면 모두와 만날 수 있어."

"……."

"……우리는 운이 좋아. 그렇게 말해 주는 녀석과 만나다니, 정말로 기적 같은 일이야. 놓치면 평생 후회할 거야. 제발 눈치채 줘."

"……."

"이제 네 손은 텅 비어 있지 않아. 이미 너는 소중한 것을, 「황금색 풍경」에 도달하기 위한 표를 확실하게 그 손에 쥐고 있어. 그러니까."

나는 외쳤다.

"이쪽으로 와! 코가네이!"

"……어째서?"

"응?"

"어째서 당신이 그 아이와 똑같은 말을 해?"

"그 아이라니?"

"내 친구."

그건 아마…….

그 아이가 나와 똑같은 마음이었기 때문이다.

"네가 알기를 바랐기 때문이야. 나도, 네 친구도. 너는 이제 혼자가 아니라는 것을. 만났으니까. 맞닿았으니까. 알았으니까. 알고 싶다고 바랐으니까. 그 순간, 우리는 이제 타인이 아닌 거야."

빗소리가 계속 들렸다.

하지만 이번 비는 문 건너편에서 내렸다.

예쁜 목소리가 오열이 되고, 코를 훌쩍이고, 격해졌다.

『저녁에는 비가 그치겠습니다.』

기상 캐스터 누나의 말이 떠올랐다.

정말일까.

빗나가면 내일부터 나는 이제 일기예보를 안 볼 거다.

누나의 말을 믿고 나는 기다렸다.

언제까지고, 언제까지고.

코가네이가 일어설 때까지 이러고 있을 생각이었다.

얼마나 시간이 흘렀을까.

"정말로 그렇게 생각해?"

"뭘?"

"나의 이 텅 빈 손에 이미 소중한 게 확실히 있을까? 나는 이제 혼자가 아니야?"

"크크, 아하하하."

"왜, 왜 웃어."

"불안하면 문을 열어 봐."

곧장 등에 쿵 하고 충격이 느껴졌다.

아파서 등을 문지르며 돌아보았다.

살짝 열린 틈으로 조금 야윈 코가네이가 얼굴을 내밀고 있었다. 눈이 마주쳐서 웃어 줬다.

어쩌면 아직 코가네이에게는 내 웃는 얼굴이 안 보일지도 모르지만······.

하지만 코가네이.

언젠가 너는 나와 제대로 만날 수 있을 거야.

확신해.

"봐, 내가 분명하게 여기 있지? 그게 무엇보다 확실한 증거야."

코가네이는 젖은 눈을 닦고 말했다.

"5분 기다려 줘. 금방 준비할게."

교복으로 갈아입은 코가네이와 함께 학교로 향했다.

비가 우산을 노크했다. 툭, 툭, 툭. 진동은 우산을 타고 손에 전달되었다. 떨렸다. 툭, 툭, 툭.

초등학생 남자아이들이 열심히 빗속을 뛰어갔다. 내일도 비가 오면 오늘처럼 체육관에서 집합이야. 비가 개면? 물론 운동장에서 축구지. 즐거운 목소리가 빗소리조차 흐트러뜨렸다.

벌써 저녁밥을 준비하기 시작했는지 맛있는 냄새가 감돌았다.

좀 더 밤이 깊어질 즈음에는 집에 불이 켜지며 가족의 그림자가 창문에 떠오를 것이다.

기쁘게, 즐겁게.

그것은 누군가가 누군가와 함께 있는, 고독에서 가장 먼 광경이었다.

줄곧 코가네이가 가지고 싶어 했던 것.

하지만 이제 부러워할 필요는 없었다.

그녀는 이미 동경하던 풍경 속에 있었다.

"있지, 카자마츠리 토와. 손을 잡아 줘."

"갑자기 왜?"

"오미 토카랑은 자주 잡았잖아."

"그걸 어떻게 알아."

"봤었어. 이곳에 이사 온 뒤로 줄곧 당신을 보고 있었어. 그 무렵의 카자마츠리 토와는 무서워서 말을 걸 용기가 나지 않았지만. 지금은 달라. 아니면 오미 토카만 특별해?"

"젖을 거야."

"신경 안 써."

"……그럼, 자."

최대한 젖지 않게 두 우산의 거리를 좁혔다.

너무 다가가서 부딪쳤다. 빗방울이 튀었다. 찰박, 튀었다. 발 밑의 물웅덩이에 떨어져 파문이 퍼졌다.

그것이 진정되자 물웅덩이에 두 사람의 모습이 비쳤다.

손을 잡고 있었다.

두 명이었다.

당연하지만.

이윽고 학교가 보이기 시작했다.

우리는 일부러 정문이 아니라 멀리 돌아서 인적이 드문 후문으로 갔다. 앞으로 한 걸음을 내디디면 이제 그곳은 학교 부지였다.

"동아리방에서 두 사람이 기다리고 있어. 너희 셋이 한 약속이니까 내 역할은 이걸로 끝이야."

"……여기서 기다려 줄래?"

"왜?"

"두 사람 다음에는 당신이 웃는 얼굴을 보고 싶으니까."

이런 말을 듣고 고개를 끄덕이지 않을 남자가 있을까? 아니, 없다.

"다녀와."

"응."

손이 떨어졌다.

얼핏 보면 텅 빈 것 같은 코가네이의 손이 다시 꽉 쥐어졌다. 거기 있는 소중한 것을 놓치지 않으려는 것처럼…….

그리고서 코가네이는 한 걸음을 내디뎠다.

어느새 비는 그쳐 있었다.

4

"다녀와."

카자마츠리 토와가 그렇게 말했다.

"응."

나는 대답했다.

카자마츠리 토와의 손이 떨어지자 조금 불안해졌으나, 손을
꽉 움켜쥐니 그의 열이 아직 그곳에 있었다. 얼핏 보면 텅 빈
것 같지만 내 손 안에는 태양의 따뜻함과 닮은 뭔가가 있었다.

똑같은 열을 느낀 순간이 예전에 딱 한 번 있었던 것이 떠
올랐다.

그 무렵의 나는 아직 아무것도 몰라서 이 열의 정체는 고사
하고 이름조차 몰랐었다. 우스운 이야기였다.

정말이지, 기가 막혔다.

자신이 정말로 원한 것이 무엇인지를 모르다니.

『괜찮아. 언젠가 루이도 알게 될 날이 올 거야.』

그녀가 한 말은 진짜였다.

언젠가, 그래, 언젠가다.

그녀가 말했던 「언젠가」는 지금 이 순간이다.

그러니 이제 혼자가 아니었다.

어느새 비가 그쳐서 나는 우산을 접었다.

점점 속도를 올렸다.

여러 가지가 스쳐 지나갔다.

누군가가 나를 알아봤는지 손으로 가리켰다. 소라우미다. 그렇게 불렀다. 아무래도 내 정체는 완전히 들통난 모양이다.

과거의 기억이 어른거렸다.

하지만 발은 멈추지 않았다.

균형을 잃고 넘어질 뻔했으나 필사적으로 버티고서 나는 달렸다. 물웅덩이에 한쪽 발이 빠졌지만 신경 쓸 여유가 없었다.

동아리관이 보였다.

토요일 아침에 셋이서 하늘을 올려다보았던 약속의 장소에서 두 사람이 나를 기다리고 있었다.

그렇게 많이 달리지도 않았는데 숨이 찼다.

그래서 한 번 숨을 크게 마셨다.

먼지가 비에 씻겨 맑은 공기가 가득했다.

초록색 잎사귀 끝에 맺힌 물방울이 더 버티지 못하고 물웅덩이에 떨어졌다.

풍당.

튀고, 퍼졌다.

그것은 내 세계였다.

마음은 이미 정해져 있었다.

그러니 이제 마음을 말로 만들기만 하면 된다.

"미야노 아오이. 타카미네 루리."

마지막으로 대지를 세게 박차고 경계선 너머로.

두 사람이 기다리는 그곳에서 소원을 노래하자.

전해져라, 전해져라.

두 사람에게 전해져라.

"나랑, 친구가 되어 줘어어어어어어!"

쿵, 발소리가 울렸다.

그것이 소원의 신호^{마침표}였다.

그 순간, 갑자기 구름이 걷혔다.

하늘이 갰다.

그림자가 물러가며 세계는 일제히 윤곽을 되찾았다.

광관(光冠)은 하얬고, 어딘가 파랬다.

크게 놀친 구름 사이로 내리쬐는 빛줄기는 상냥하며 따뜻했고 그것이 하나, 둘, 나의 소중한 사람들을 비추었다.

퍼져 나가는 빛은 그날 셋이서 올려다보았던 아침 해와 비슷했다.

눈앞의 광경을 조금도 놓치지 않도록, 잃어버리지 않도록, 나는 파란 눈을 감았다. 눈을 감아도 그것은 사라지지 않았다.

대답은 필요 없었다.

답은 다른 형태로 내 눈 안에 있었으니까.

저녁 하늘 아래, 두 사람의 웃는 얼굴이 새겨져 있었다.

그래, 확실하게 웃고 있었다. 한 달간 누구의 얼굴도 투영되지 않았던 내 눈 속에서 두 사람의 미소가 피어났다.

안개는 이제 어디에도 없었다.

음미하고서 눈을 떴다.

황금색 세계에, 나는 지금……

마침내 도달했다.

구름 사이로 새어 나온 빛의 끝에 기울어진 태양의 옆모습이 보였다. 반해 버린 하늘이 표정을 휙휙 바꾸었다. 주황색이 있고, 분홍색이 있고, 높은 곳에는 푸른색(아오이)과 자청색(루리)이 있었다.

잊어서는 안 된다.

그 청람색 하늘에서 금색 달이 반짝이고 있었다.

"고마워."

내가 말하자 눈앞에 있는 두 사람은 더 짙게 웃었다.

"뭐가?"

"기다려 줘서."

"응."

"약속을 지켜 줘서."

"응."

"나랑 친구가 되어 줘서."

나도 웃었다.

딸그락딸그락.

어디선가 바람이 재미있다는 듯 웃은 것 같았다.

오렌지색 공기가 떨림과 동시에 목덜미가 심하게 아팠다. 허둥지둥 눌렀다. 너무 심하게 아파서 작게 신음할 수밖에 없었다.

노란 별의 관이 빛의 입자가 되어 손가락 사이로 흐르고 대기에 녹아들었다.

소원이 하늘로 날아올랐다.

아픔이 완전히 사라졌을 때 불쑥 목소리가 들렸다.

힘내 줘서 고마워.

다음 순간.

내 의식은 손이 닿지 않을 만큼 깊은 곳으로 떨어졌다.

☆

딸그락딸그락.

두 번째 소원의 조각은 노란색.

루이와 나의 약속의 형태.

두 사람의 **똑같은** 상흔.

하지만 이제 루이에게는 필요 없겠지.

혼자 돼서 미안해.

그리고―

힘내 줘서 고마워.

네가, 내 마지막 친구라서 다행이야.

◇

떨어진 내 의식이 도달한 곳은 조금 그립고 아주 사랑스러운 꿈이었다.

소설가는 운명(우리)이라는 말을 종종 쓰는데, 그 말이 가진 진정한 빛은 분명 접한 사람만이 알 수 있을 것이다.

물론 나는 그런 사실을 전부 알면서도 그녀와의 만남을 운명이라고 생각한다.

그것은(운명) 「잔잔한 마을에서 노래해」의 표지 후보 중에 있었다.

흔한 마을 풍경이 찍힌 흑백 사진이었다. 색을 띤 많은 일러스트와 사진보다도 그 사진이 훨씬 선명하게 보인 것은 거기 찍힌 세계가 내 머릿속에 그려진 이미지와 딱 맞았기 때문이리라.

나는 담당 편집자와 그보다 더 높은 사람과 거래하여 선발되지 않은 그 작품을 어떻게든 표지로 채용했다.

그리고 하나 더 부탁했다.

이 사진을 응모했다는 「카자마츠리 토와」와 만나고 싶어.

누군가에게 이토록 강하게 관심을 가진 것은 처음이라서……

답변을 기다리는 2주가 너무나도 더디게 흘렀고 아무것도 손에 잡히지 않았다. 만날 수 있을 것 같다는 연락이 왔을 때는 상을 받았다는 소식을 들었을 때보다 몇 배는 더 기뻤다.

만나기로 한 장소는 슈쿠세이시에 있는 시민 병원이었다.

1년에 한 번 소원이 이루어진다는 마을은 소문으로 들은 적이 있지만 방문하는 것은 처음이었다.

병원의 공기는 무거워서 숨 쉬기도 힘들었다.

많은 염원이 담겨 있었다. 고치고 싶다, 나아 줘, 괴로워, 힘들어, 살고 싶어, 살아 줘, 죽고 싶어. 살아 줘, 살아 줘, 살아 줘—.

어떻게든 문 앞에 당도했을 무렵에는 완전히 정신이 피폐해져 있었다.

표찰에는 「카자마츠리 이로하」라고 적혀 있었다.

성은 같지만 내가 찾는 사람과는 이름이 한 글자 달랐다. 토와는 필명 같은 걸까? 그렇게 생각한 나는 긴장하며 떨리는 손으로 문을 열었다.

어둑했던 세계에 빛이 가득 찼다.

그렇게 나를 착각하게 만든 것은 새하얀 방의 중심에 있던 아주 예쁜 여자아이였다.

내가 여성을 보고 아름답다고 생각한 것은 엄마를 제외하면 처음이었다.

"딱 시간 맞춰 왔네."

봄처럼 부드러운 목소리에 가슴이 뛰었다.

그녀는 생긋 웃었다.

한눈에 반했다.

물론 연애적인 의미는 아니었지만…….

"반가워. 소라우미 씨, 라고 하면 되지? 얘기로 들은 것보다 훨씬 예쁘다. 나는 카자마츠리 이로하라고 해요. 잘 부탁해."

"자, 잘 부탁해."

"모처럼 왔으니 여기 앉아."

순식간에 그녀의 페이스에 말려들어 순순히 침대 끄트머리에 앉았다.

그 야윈 뺨을 가만히 바라보자 그녀는 「응?」 하는 느낌으로 고개를 갸웃했다.

"아, 아무것도 아니야."

"그래?"

"응."

그래도 곁눈질로 그녀를 계속 봤다. 긴 머리카락. 깔끔하게 잘린 손톱. 가느다란 몸. 그것만 봐도 이미 몇 년이나 입원해 있음을 알 수 있었다.

나에게는 비일상적 공간인 병원에 그녀를 구성하는 모든 것이 슬프도록 배어 있었으니까.

기념품인지 병문안 선물인지 알 수 없는 과자를 건네자 그녀가 매우 기뻐하며 고맙다고 해서 긴장이 조금 풀렸다.

하지만 곧장 내 실수를 깨달았다.

모처럼 대화를 이어갈 실마리였는데 너무 간단히 넘겨 버렸다. 아아, 지금부터 무슨 이야기를 해야 하지? 아니.

어떻게 말을 걸어야 하지?

나는 그런 것조차 몰랐다.

그렇게 사고의 미로를 헤맨 탓일까.

병실과 한 몸이 되어 있던 그녀가 갑자기 「있잖아」 하고 손을 든 것에 깜짝 놀란 나는 몸을 움찔하고 말았다.

"바로 본론부터 말하자면 하나 사과해야 할 것이 있습니다."

불온한 울림에 심장이 쪼그라들었다.

"뭐, 뭔데?"

"그 사진, 내가 아니라 동생이 찍은 거야."

"무슨 말이야?"

"실은—."

그녀가 계기를 줬다.

그 후 우리는 많은 이야기를 했다.

그 사진은 그녀의 남동생인 카자마츠리 토와가 촬영했다는 것. 몰래 응모했으니 동생에게는 아직 말하지 말아 달라는 것.

그 말을 듣고도 실망스럽지 않아서 신기했다.

물론 카자마츠리 토와도 만나 보고 싶지만 그 이상으로 나는 그녀와 만난 행운에 감사했다.

「잔잔한 마을에서 노래해」에 관해서도 잔뜩 이야기했다.

"비 너머에 무지개가 있어. 밤이 지나면 아침이 와. 그러니까 계속 걷자. 울어도, 아우성쳐도. 어디까지나, 어디까지나. 왜냐하면 세계는 이렇게나 아름다운걸. 이 대사를 좋아해."

우리는 어딘가 정신적으로 닮은 부분이 있었을지도 모른다.

물론 나는 그녀처럼 매력적인 인간이 아니지만 그녀에게 결여된 부분은 분명 나도 결여되어 있었다.

지금 생각해 보면 그 결여된 마음은 「체념」이었다.

우리는 이 세상을 확실하게 포기하고 있었다.

그래도 모든 것을 포기하지는 못하고 있었다.

이곳에 우리가 좋아하는 것이 남아 있는 탓이었다.

이야기라든가, 달콤한 과자라든가, 햇볕의 온기라든가, 약속이라든가. 허둥지둥 분주한 간호사의 발소리, 누군가의 웃음소리. 카자마츠리 토와의 사진.

그런 것에 살며시 깃들어 있었다.

"있지, 루이."

내 이름을 불렀다.

그녀의 목소리로 꾸며진 내 이름은 듣기 좋았다.

"나는 이런 생각이 들어. 분명 여자아이는 마지막에 모든 것을 손에 쥐고 있었을 거야."

"그런 이야기가 아니야."

"아니. 눈치채지 못했을 뿐, 이미 말이지. 가지고 싶어 했던 것은 전부 손안에 있었어."

"왜 그런 말을 해?"

"그런가. 루이는 모르는구나."

"응. 모르겠어."

"하지만 내 생각은 그래."

내가 납득하지 못했음을 알았을 것이다. 카자마츠리 이로하는 곤란한 듯 웃고서 내 손을 잡았다.

말이 아니라 다른 무언가로 전하려고 했다.

"괜찮아. 언젠가 루이도 알게 될 날이 올 거야. 너는 이렇게 나를 만나러 와 줬으니까."

이야기의 흐름이 딱 끊긴 타이밍에 「저기」 하고 말을 꺼냈다.

마침내 용기를 조금 짜낼 수 있었다.

그녀가 내 손을 잡아 줬기 때문일지도 모른다.

"카자마츠리 이로하. 실은 오늘, 당신에게 부탁이 있어서 왔어."

"뭔데?"

"나랑, 친구가 되어 줘."

가만히 그녀를 노려보았다.

"안 될까?"

"안 된다고 할까, 병에 걸린 뒤로 그런 말을 들을 줄은 몰라서 조금 놀랐어."

건조한 목소리였다.

줄곧 웃고 있던 그녀가 갑자기 입을 다물어 버렸다.

어쩔 수 없이 나는 어느새 창밖에 펼쳐진 어둠을 바라보았다. 그녀를 계속 똑바로 보는 것은 너무 힘들었다. 방의 불빛 때문에 창에 난 흠집이 잘 보였다. 대각선으로 세 개, 희미하게 하얀 선이 그어져 있었다.

얼굴 위치를 바꾸자 거울에 비치는 풍경도 바뀌었다.

시계의 초침이 다섯 바퀴 정도 세계를 돌고 나서 드디어 카자마츠리 이로하가 말했다.

"나는, 아마 얼마 못 살 거야."

마치 부끄러워하는 듯한 웃음소리.

그녀와는 어울리지 않았다.

"동생에게는 말하지 않았지만, 스무 살까지 못 살 거라는 말을 들었어. 그러니까 분명 머지않아 너를 남겨 두고 갈 거야."

그런 일은 없을 거라고 말할 수 없었다.

그래도 아아, 그렇더라도.

"그래도 좋아. 나는 당신과 친구가 되고 싶어."

다른 누군가가 아닌 당신이 좋아.

그렇게 생각했기에 그날 나는 첫 친구를 만들 수 있었다.

이때의 나는 아직 몰랐지만……

그렇구나, 하고 그녀는 눈을 감고 고개를 끄덕였다.

"그럼 친구가 될까."

"응."

"그것 말고는? 하고 싶은 말이 더 있는 것 같은 얼굴인데?"

이쪽을 본 그녀가 놀리듯 그렇게 말했다. 목소리의 느낌이라든가 몸에서 풍기는 분위기 등으로 우리의 거리가 조금 줄어들었음을 알 수 있었다.

그 덕분인지 이번에는 쉽게 다음 소원을 말할 수 있었다.

학교 교실에서 귀를 쫑긋 세우며 부럽다고 생각했던 것.

"있지, 친구가 생기면 똑같은 물건 같은 걸 가지고 싶었어."

"지금 당장은 준비할 수 없지만, 응, 언젠가 똑같은 걸 가지게 되면 좋겠다."

하고 싶은 말을 전부 하고 나니 기운이 빠졌다.

그러자 벽에 걸린 시계가 눈에 들어왔다. 물론 몇 번 시선을 주기는 했지만 마침내 나는 시계를 시계로 보았다.

즉, 아까까지는 시간 따위 조금도 신경 쓰지 않았던 것이다.

면회 시간이 5분 지난 상태였다.

"이런. 슬슬 가야겠어."

"그렇구나. 그럼 또 보자."

"으, 응. 또 봐. 오늘은."

즐거웠어. 그렇게 말하며 일어나려고 했지만 그녀는 내 손을 놓지 않았다. 왜 그래? 당황해서 물어보았다.

카자마츠리 이로하는 내 눈을 빤히 마주 보고 말했다.

"……굉장히 이기적인 일일지도 모르지만, 나는 토와에게 뭔가를 남겨 주고 싶었어. 앞으로 내가 없는 인생을 살아갈 그 아이에게. 「잔잔한 마을에서 노래해」도 그중 하나야. 그 아이의 사진을 많은 사람이 봤으면 좋겠어. 그리고, 자신의 사진이 책의 표지로 쓰이는 건 무척 기쁜 일이잖아. 그게 자신이 좋아하는 이야기라면 더더욱. 있지, 루이. 내 마음은 그 아이에게 전해질까? 확실하게 기뻐해 줄까?"

그것은 그녀가 보여 준 단 하나의 불안^{본심}이었다.

실례되는 일일지도 모르지만 약한 모습을 보여 준 것이 신뢰의 증거 같아서 조금 기뻤다. 그리고 그 신뢰에 조금이라도 부응하고 싶다고 강하게 생각했다.

뭔가 근거가 있지도 않았고 자신감이 있지도 않았다.

나는 카자마츠리 토와가 어떤 남자애인지 모른다. 하지만 그가 찍은 사진을 생각하자 신기하게도 괜찮으리라는 생각이 들었다.

그가 잘라 내는 세계는 아름답고 그 눈길은 상냥했다.

분명 「잔잔한 마을에서 노래해」를, 나를 이해해 주리라.

눈앞에 있는 내 친구처럼…….

두 사람은 남매니까.

그래서 나는 가슴을 펴고 잡은 손의 형태를 바꿨다.

"괜찮아. 내 소설이 당신의 마음을 확실하게 전해 줄 거야."

내가 그녀에게 해 줄 수 있는 것은 그 정도밖에 없었다.

새끼손가락 고리 걸고 꼭꼭 약속해—

살며시 손가락을 얽은 그것은 누구나 아는 약속의 형태였다.

우리 두 사람의 단 한 번뿐인 약속의 노래가 세계에 울렸다.

그리고 얼마 후 책이 발매된 봄에, 예정보다 훨씬 빨리 그녀가 사라져 버렸음을 알았다.

장례식에는 가지 못해서 그녀의 집에서 합장한 후 나는 약속을 지키기 위해 그녀의 동생에게 갔다.

두 사람의 사정에 관해서는 카자마츠리 남매의 아버지에게 들었다.

"……카, 카자마츠리 토와?"

이름을 부르자 카자마츠리 이로하의 모습이 조금 보이는 얼굴로 나를 노려보았다.

"그렇긴 한데, 넌 누구야?"

그것이 카자마츠리 토와와의 1차 접촉^{첫 만남}이었다.

코가네이 루이의 목 근처에서 반짝거리는 빛 알갱이가 하늘로 올라가는 것을 「Azure」 콤비는 보았다.

그 아름다운 모습에 시선을 빼앗긴 한순간, 눈앞에 있던 소녀의 분위기가 바뀌었음을 먼저 타카미네 루리가 눈치챘다.

이어서 미야노 아오이도 눈치챘다.

물어본 사람은 타카미네 루리였다.

"당신은, 누구야?"

하지만 그녀는, 코가네이 루이의 모습을 한 누군가는 살짝 웃고서 이렇게 말했다.

마음을 빼앗길 듯한 웃음이었다.

"아오이, 루리. 루이와 친구가 되어 줘서 고마워. 내가 말하기도 뭐하지만 착한 아이야. 친하게 지내 줘."

두 사람은 대답하지 못했다.

멍하니 있었다.

"미안. 시간이 없어. 나는 가야 해."

그리고 누군가는 달려갔다.

그 뒷모습—.

그 분위기—.

그 말투—.

두 사람의 머릿속에는 한 여성의 모습이 있었다.

그 이름을, 미야노 아오이는 불현듯 꺼냈다.

"이로하 씨?"

5

가만히 하늘을 보고 있었다.

구름이 갈라지는 모습을, 그리로 빛이 흘러넘치는 순간을…….

그것이 너무나도 아름다워서 나는 말을 잇지 못했다.

『황금색 풍경』.

누군가가 도달하고 싶어 했던 곳.

회색이었던 장마철의 공기가 갑자기 금색으로 반짝이기 시작했다. 이름 모를 새가 날개를 펼치고서 날고 있었다. 황금빛을 그 날개에 싣고 기분 좋게 높이높이 날아올랐다.

눈을 감아도 하늘의 잔상이 남아 있었다.

시야 가득 펼쳐진 황금빛 속에 세 여자아이를 더해 봤다.

즐겁게 웃고 있었다. 그곳에는 모든 것이 있었다. 그래, 모든 것이.

천천히 눈을 떴다.

여전히 아름다운 세계^{현실} 속에서 아주 아름다운 여자아이가 약속대로 이쪽으로 달려오고 있었다.

파란 눈은 오로지 나만을 똑바로 응시하고 있었다.

그녀가 입을 열었다.

아마 내 이름을 부르겠지.

분명 목소리는 떨리지 않을 거고 불안도 없을 터다.

그녀에게는 이제 내 얼굴이 보인다.

예감이 아니라 확신이었다.

코가네이 루이는 도달해야 할 곳에 도달했다.

문득 1년 전의 광경이 떠오른 것은 아마 코가네이의 손에 책 한 권이 있었기 때문이리라.

그러고 보니 그때 처음으로 코가네이가 이름을 불렀었지. 카자마츠리—.

"토와."

"어?"

상상한 것보다 말이 짧아서 심장이 크게 뛰었다. 몸이 감정보다 먼저 반응하여 떨리기 시작했다.

하아, 깊이 숨을 내쉰 그녀는 10m 앞에서 발을 멈췄다.

고개를 숙이고 호흡을 가다듬었다.

그리고서 들린 얼굴은 역시 잘 아는 코가네이의 얼굴이었다.

그런데, 어째서.

그리운 분위기를 풍겼다.

나는 꿈이라도 꾸고 있는 걸까?

뺨을 꼬집어 봤지만 확실하게 아팠다.

말도 안 된다는 상식이, 그랬으면 좋겠다는 소망에 삼켜졌다.

인간은 단순한 생물이다.

믿고 싶은 쪽으로 간단히 마음의 방향키를 틀어 버린다. 둔하게 저릿저릿한 머릿속에 머나먼 나날이 플래시백했다.

상상의 산물이라고는 생각할 수 없을 만큼 확실한 감촉이 있었다.

긴 머리카락. 슬픈 미소와 목소리. 이제는 없는 그 사람. 나를 줄곧 지켜봐 줬던 상냥한 사람. 강한 사람. 그리고 사라져 버린 사랑하는—.

혼란스러운 가운데, 단 하나의 답이 멋대로 입 밖으로 나왔다.

"누나?"

코가네이는 아니, 그녀는 더 짙게 웃을 뿐 대답해 주지 않았다.

연애 소설의 등장인물들이 서로의 거리를 좁히듯 천천히 사랑스러운 속도로 다가올 뿐이었다.

이윽고 서로가 손을 뻗으면 닿을 만큼 가까워지자 책의 표지를 보여 주듯 가슴 앞에 들고서 언젠가 누군가가 했던 말을 따라 말했다.

"있지, 토와. 이것 좀 볼래?"

그저 그렇게 말했을 뿐인데 심장이 떨렸다.

참을 수 없이 떨리고 떨렸다.

입술을 꽉 깨물었다.

움켜쥔 손에 힘을 줬다.

그 순간, 우리가 있던 곳은 학교의 후문이 아니었다.

시민 병원의 그 하얀 병실이었다.

나는 아직 고등학교 1학년생이고 누나는 그곳에서—.

기쁘게 웃고 있었다.

이것은 언젠가 누군가가 빈 소원이었다.

나와 누나만이 아는 단 한 번의 과오였다.

"마침내 완성됐어."

말을 꺼내려고 입을 벌렸지만 제대로 나오지 않아서 나는
공기만을 토하고 말았다. 눈앞의 그녀가 눈을 접으며 어쩔 수
없다는 듯 내 등을 쓸어 줬다.

몇 번이고, 몇 번이고.

자상한 손길로.

그리운 세기로.

마음은, 영혼은, 거기 있는 것이 누구인지 이미 확실하게
알고 있었다.

그런데도 재차 지적할 수 없었던 것은 말해 버리면 이 시간
이 꿈처럼 깨리라는 예감이 들었기 때문이었다.

다가오는 끝의 발소리로부터 도망치며 조금만, 조금만 더
이 기적 같은 순간이 이어지기를 바랐다.

눈가를 벅벅 문질렀다.

"이제 괜찮아?"

"응."

"미안해. 별로 시간이 없어."

그렇게 말하고서 다시 한 번…….

아니, 이것이 마지막이리라.

세 번째였다.

코가네이 루이는 완전히 똑같은 책을 예전과 완전히 똑같이 세 번째로 내밀었다.

"이거, 읽어 줄래?"

"응."

"분명 토와도 좋아하게 될 거야."

"응."

"기뻐?"

"응."

그렇구나, 상냥한 목소리가 터졌다.

"다행이야."

그녀가 배시시 웃었다.

누나의, 건강했을 적의 누나의 웃음과 겹쳐 보였다.

"그저 그 말을 듣고 싶었어."

"알고 있어. 누나의 마음은 확실히 알고 있었어."

그런데도 내가 책을 받지 못한 것은—

쥐었던 주먹을 폈다.

아무리 떼를 쓰며 시간을 늘려 봐도 이 광경은 사라질 것이다. 알고 있다. 이것은, 이 행복은 그리 오래가지 않는다.

그러니 두 번 다시 후회만큼은 하지 않도록 이번에야말로 그 손에서 생각을, 마음을 받아야 했다.

「잔잔한 마을에서 노래해」를 마침내 만질 수 있었다.

저쪽의 손이 떨어지자 나도 모르게 책을 떨어뜨릴 뻔했다.

손에 들린 단 한 권의 책이 유독 무겁게 느껴졌다.

놓치지 않도록 세게 움켜잡았다.

더는 틀리지 않겠다.

그날과 결별하는 것이다.

나는 다른 미래를 택하겠다.

"……그때는 미안."

아아, 드디어.

드디어 말했다.

가슴속에 있던 커다란 응어리 하나가 풀어졌다.

"괜찮아. 용서해 줄게."

그리고 그녀는 마지막으로 세계의 비밀을 흘리고 말았다.

역시나 상냥한 목소리였다.

"나는, 토와의 누나니까."

다시 바람이 불었다.

눈이 따가워서 깜박인 찰나, 웃는 얼굴이 사라졌다. 기다려, 기다려. 어린아이처럼 바랐지만 세계는 기다려 주지 않았다. 기다려, 누나. 적어도, 이것만큼은—.

―고마워.

바람이 잦아들 무렵, 코가네이가 황급히 머리카락을 눌렀다.

"와푸. 어라? 어째서 카자마츠리 토와가 책을 들고 있어? 아니, 그보다 나는 왜 여기 있지? 미야노 아오이랑 타카미네 루리는 어디 있어?"

코가네이의 표정을 보고 이제 가 버렸음을 알았다.

내 마지막 마음은 전해졌을까.

어느새 별이 반짝이고 있었다.

기분을 전환하기 위해 한 번 숨을 내쉬고 말했다.

"무겁네, 이 책."

내 표정을 보고 뭔가를 깨달았는지 코가네이가 득의양양하게 말했다.

"물론이지. 나 자신인걸."

"코가네이는 이렇게 무거운 건가."

"아, 아니, 그런 말이 아니야."

허둥거리는 코가네이를 보았다.

"코가네이의 친구라는 게……."

"맞아. 당신의 누나, 카자마츠리 이로하. 나는 그녀와 한 약속을 이루기 위해 당신이 이 책을 읽어 주기를 줄곧 바랐어."

"그런가."

"응."

"소중히 읽을게."

내 말에 코가네이가 대답했다.

"응. 읽어 줘. 분명 좋아하게 될 거야. 그리고 다 읽으면—"

마지막으로 고한 것은 누나와의 약속 끝에서 핀 그녀 자신
의 소원이었다.

그것을 소리 내어 말하려면 아주 큰 용기가 필요했지만 코
가네이는 후후 웃을 뿐이었다.

황금색 세계에 있는 그녀는 매우 아름다웠다.

"나랑 친구가 되어 줘, 카자마츠리 토와."

답은 분명 하나다.

"그래. 친구가 되자."

딸그락딸그락.

어디선가 그런 소리가 들린 것 같았다.

그것은 분명 세계가 넓어지는 소리였다.

에필로그

그리고 계절은—

딸그락딸그락.

오렌지색과 노란색 결정이 내 손을 비추었다. 이렇게 보니 마치 태양과 달 같았다.

미라크티어의 꽃들 사이로 보이는 달빛을 보고 나는 무심코 웃었다.

누구나 동경하는 먼 우주의 빛이 내 손안에 있었다.

오미와 루이의 소원이, 마음이, 또 한 걸음 내가 바라는 미래로 데려가 줬다.

문득 누군가의 기척을 느낀 나는 앉아 있던 미라크티어의 가지에서 휙 날았다.

나무줄기에 등을 기대고 있던 볼륨감 있는 머리의 사랑스러운 여자아이 옆에 섰다.

그녀는 고개를 움직이지 않고 시선만 이쪽으로 줬다.

이제 이 눈에도 상당히 익숙해져 버렸다.

"오랜만에 동생과 얘기한 감상은 어때?"

"조금 감동하고 말았어. 울지 않으려고 노력하느라 큰일이었어. 루이에게 고마워해야겠지. 이로써 내 후회도 하나 사라졌어."

불과 몇 분 전의 일이다.

나는 루이의 몸을 빌려 토와와 이야기했고 마침내 내 손으로 책을 건넬 수 있었다.

후회했던 과거를 고쳤다.

「우리의 약속」이라는 그녀의 소원을 나는 그런 형태의 기적으로 일으켰다.

"정말로 자랑스러운 친구야."

수없이 했던 생각을 한 번 더 강하게 생각했다.

고마워.

"그런데 그 아이는 어째서 네가 살아나기를 소원하지 않았을까."

하쿠노가 미라크티어의 빛을 보고 사랑스럽다는 듯 눈을 가늘게 뜨며 중얼거렸다.

"심술궂은 말을 하는구나. 그런 거 못 하면서."

"못 하는 게 아니야. 상응하는 대가가 너무 무거워서 상대가 지불할 수 없을 뿐이지."

"그거면 됐어. 못 하는 게 좋아. 사람은 죽으면 살아날 수 없어. 그러니까 힘껏 지금을 살아야 해."

"그걸 포기한 네가 말하는 거야?"

"……그러게."

어딘가 빈정거리는 듯한 하쿠노의 목소리를 배시시 웃으며 받아들였다.

그래. 나는 나를 포기했다.

하지만 부질없이 버리지는 않았다.

딱 하나, 그래도 원하는 것이 있어서, 지키고 싶은 것이 있어서. 그것은 나 자신보다 소중해서, 이 하얀 신이 맞교환으로 그것을 준다고 하기에 바쳤을 뿐이다.

「나의 전부」를……

귀를 기울였다.

넓은 세상의 한편에서 소년의 웃음소리가 들렸다.

그의 주위에는 아주 귀여운 여자아이들이 있다. 아, 코가네이, 이런 곳에 있었구나. 미야노 아오이, 타카미네 루리! 코가네이, 맞지? 맞는데, 왜 그런 걸 물어봐? 아, 아니, 아무것도 아니야. 같이 돌아가자. 맞아, 맞아. 오늘 카자 선배가 파르페 사 준대. 정말? 뭐, 약속했으니까.

아주아주 즐거운 목소리였다.

약간의 쓸쓸함과 기쁨을 음미하며 웃자 하쿠노가 불쑥 중얼거렸다.

"아, 저것 봐. 이로하."

"어?"

"계절이 바뀌어."

그 말을 따라 위를 보니 미라크티어의 분홍색 꽃잎들이 천천히 색을 바꾸고 있었다.

마치 봄을 벗어 던지듯 분홍색에서 파란색으로 변화했다.

손을 뻗어 꽃잎을 만졌다.

"여름이 오는구나."

"그래."

"앞으로 더 떠들썩하고 선명하게 토와의 주위가 빛날 거야. 그리고 언젠가 그 빛은 그 아이의—"

파란 꽃잎이 빛으로 녹아 반짝였다.

파스스.

빛이 세상을 적셨다.

계절이 바뀐다.

여름이 온다.

강하디강한 계절이다.

그리고 다음 기적^{이야기}이 만들어진다.

Fin

■작가 후기

오랜만입니다. 혹시 처음 뵙는 분도 있을까요.

하즈키 아야입니다.

어떻게든 예정대로 「그날, 신에게 바랐던 것은」 2권을 내놓고 이렇게 여러분과 만나게 되어 정말로 기쁩니다. 본작을 기대해 주셨다면 더욱 기쁠 겁니다.

1권 후기에서 다음 히로인은 누구일지 상상하며 기다려 달라고, 깊게 생각하지 않고 쓴 탓에 「아오이? 루리? 혹시 쿠로에일 가능성도 있어?」라는 질문을 받을 때마다 「죄송합니다. 그런 말을 썼지만 1권에서 등장은 고사하고 본명조차 안 나왔어요」라고 새삼 말할 수도 없어서 속으로 덜덜 떨었습니다.

그런고로 2권의 히로인은 「잔잔한 마을에서 노래해」의 작가 「소라우미」, 곧 코가네이 루이였습니다.

복선을 하나도 깔지 않았기에 만에 하나는커녕 억에 하나도 없겠지만 과연 맞힌 분이 계실까요?

그리고 이번 권 집필 중에 대학 시절 사진부 후배의 결혼식에 초대받아서 몇 년 만에 많은 동료의 얼굴을 볼 수 있었습니다.

결혼하거나, 아이를 가지거나, 대출받아 집을 사거나, 저만 두고 순조롭게 어른의 계단을 올라가는 것처럼 보이는 후배

들인데, 일단 입을 여니 근본은 전혀 달라지지 않았더군요. 회식 분위기는 진짜 대학생 때 그대로였습니다. 예의 차리지 않고 즐겼어요. 상하 관계, 완전 무시.

부추기는 대로 술을 잔뜩 마시고 (술 약합니다) 완전히 고주망태가 됐는데, 아무래도 마무리 라면에다가 기념품까지 제가 사 줬는지, 아침에 호텔에서 눈을 뜨니 지갑이 매우 얇아져 있었습니다. 아픈 머리를 부여잡고 스마트폰을 확인하자 그래도 후배들에게 둘러싸여서 즐겁게 라면을 먹는 자신의 모습과 후배 전원이 보낸 감사 메시지가 있었습니다. 가슴이 뜨거워졌습니다. 그래요, 그 추억이야말로 제가 도달한「황금색 풍경」일 리도 없어서.

저는 스마트폰을 한 손에 들고서 생긋 웃었고—

「너희들 전부 책 사아아아아!」

그렇게 답장했지만 그들은 미리 짜기라도 한 것처럼 침묵했습니다. (나중에 진짜로 사서 감상까지 보내 준 후배도 있었습니다. 토카와 아오이가 인기였습니다.)

그런 그들과 보냈던 동아리 활동의 추억이 본작에도 조금 형태를 바꾸어서 깃들어 있다고 생각합니다.

그럼 이쯤에서 감사 인사를 올리겠습니다.

일러스트를 그려 주신 플라이 님. 이번 이야기를 저희의 관계로 대치하면 소설을 쓰는 제가 루이고 일러스트 담당인 플라이 님이 표지 사진을 찍은 토와가 되는 걸까요.

그렇다면 제가 하고 싶은 말은 단 하나입니다.

하지만 자신의 말로 표현하기는 쑥스러우니 루이의 대사를 빌리겠습니다.

(*하즈키 아야는 사교성이 조금 부족한 금발 벽안의 미소녀가 아니라, 저자 사진을 보면 아시겠지만 평범한 야생 고양이인데, 여기서는 루이의 빼어나게 예쁜 미소를 떠올려 주시면 좋겠습니다.)

"나도, 당신의 일러스트를 사랑해."

전개가 막혀서 울며 「아아, 이제 무리야. 마감 못 맞춰. 못 써」 하고 절망했을 때 「이걸 극복하면 플라이 님이 일러스트를 그려 주신다」, 「이게 끝나면 플라이 님의 일러스트가 기다리고 있다」라는 생각을 머릿속에서 루프시키며 끝까지 달리는 원동력으로 삼았습니다.

덕분에 이렇게 2권도 발매할 수 있었습니다.

언제나 멋진 일러스트를 그려 주셔서 정말로 감사합니다.

담당 편집자 후나츠 님.

이번에 예정보다 원고가 늦어져서 죄송합니다. 매우 반성하고 있습니다. 또 이런 일이 없도록 조심할 테니 앞으로도 힘을 보태 주시기 바랍니다.

디자이너님, 교열자님, 영업 담당자님, 서점 직원분들. 그밖에도 셀 수 없이 많은 분이 진력해 주셨기에 이렇게 속권을 독자님들께 전할 수 있었습니다.

담당 편집자님 외에는 직접 인사를 드릴 수가 없어서 늘 후기에 감사하다고 적지만, 책을 낼 때마다 「감사합니다」 하고 규슈의 시골 마을에서 여러 방향으로 고개를 숙이고 있습니다. 이 감사하는 마음이 조금이라도 전해지기를…….

이번에도 감사했습니다.

마지막으로 늘 그렇듯 가장 큰 감사를 「그날, 신에게 바랐던 것은」을 읽어 주신 여러분께 드립니다.

응원과 감상을 보내 주셔서 정말로 고맙습니다.

여러분 덕분에 하즈키 아야가 소설가로서 활동할 수 있다는 것을 언제나 마음에 새기고 있습니다.

플라이 님의 일러스트가 끝까지 달리기 위한 원동력이라고 아까 적었는데, 팬레터나 트위터로 보내 주시는 응원은 제가 몇 번이고 일어서기 위한 마음의 버팀목입니다. 넘어져서 눈물이 날 것 같고 이번에는 일어설 수 없을 것 같다고 약한 마음이 들 때마다 수없이 다시 읽고 있습니다.

조금 여유가 없어서 팬레터는 아직 답장을 드리지 못한 분도 있지만, 꼭 답장을 쓸 생각이니 느긋하게 기다려 주시면 좋겠습니다.

속권을 무사히 내게 된다면 이야기는 제가 가장 좋아하는 여름으로 옮겨 갑니다.

다시 여러분과 만날 날을 진심으로 기대하며 이번 권은 이쯤에서 붓을 놓겠습니다.

2019년의 한가운데쯤. 잔잔한 마을에서 소녀가 바랐던
황금색 풍경을 바라보며. 하즈키 아야

그날, 신에게 바랐던 것은 2

초판 1쇄 발행 2021년 8월 10일

지은이_ Aya Hazuki
일러스트_ Fly
옮긴이_ 송재희

발행인_ 신현호
편집부장_ 윤영천
편집진행_ 김기준 · 김승신 · 원현선 · 권세라
편집디자인_ 양우연
관리 · 영업_ 김민원 · 조인희

펴낸곳_ (주)디앤씨미디어
등록_ 2002년 4월 25일 제20-260호
주소_ 서울시 구로구 디지털로 26길 111 JnK디지털타워 503호
전화_ 02-333-2513(대표)
팩시밀리_ 02-333-2514
이메일_ lnovelpiya@naver.com
ㄴ노벨 공식 카페_ http://cafe.naver.com/lnovel11

ANOHI,KAMISAMA NI NEGATTAKOTOHA Vol.2 girls in the gold light
©Aya Hazuki 2019
Edited by 전격 문고
First published in Japan in 2019 by KADOKAWA CORPORATION, Tokyo.
Korean translation rights arranged with KADOKAWA CORPORATION, Tokyo
through Korea Copyright Center Inc.

ISBN 979-11-278-6074-5 04830
ISBN 979-11-278-5878-0 (세트)

값 7,800원